MW01615970

FAÏZA GUÈNE

Faïza Guène est une romancière et scénariste française. Son premier roman, *Kiffe kiffe demain*, a paru chez Hachette Littérature en 2014, et a connu un succès retentissant. Il a été vendu à plus de 400 000 exemplaires en France et à l'étranger et est traduit dans vingt-six langues. Il est suivi *Du rêve pour les oufs* (Hachette Littérature, 2006), des *Gens du Balto* (Hachette Littérature, 2008), de *Un homme, ça ne pleure pas* (Fayard, 2014), de *Millénium blues* (Fayard, 2018) et de *La Discrétion* (Plon, 2020).

LA DISCRÉTION

FAÏZA GUÈNE

LA DISCRÉTION

PLON

Le Code de la propriété intellectuelle n'autorisant, aux termes de l'article L. 122-5, 2° et 3° a, d'une part, que les « copies ou reproductions strictement réservées à l'usage privé du copiste et non destinées à une utilisation collective » et, d'autre part, que les analyses et les courtes citations dans un but d'exemple et d'illustration, « toute représentation ou reproduction intégrale ou partielle faite sans le consentement de l'auteur ou de ses ayants droit ou ayants cause est illicite » (art. L. 122-4).
Cette représentation ou reproduction, par quelque procédé que ce soit, constituerait donc une contrefaçon, sanctionnée par les articles L. 335-2 et suivants du Code de la propriété intellectuelle.

À ma mère

À toutes nos mères

« Il faut beaucoup de souplesse spirituelle pour ne pas haïr celui qui vous hait et dont le pied écrase votre nuque, et ne pas apprendre à vos enfants à le haïr exige une sensibilité et une charité encore plus miraculeuses. »

James Baldwin, *La Prochaine Fois, le feu*.

Yamina a bientôt soixante-dix ans. Elle les aura en novembre prochain. Soit le 10, soit le 19. Yamina est née *un jour ou l'autre*.

Sur les papiers algériens, elle est du 19, mais sur sa *carte de résidence française délivrée en Seine-Saint-Denis*, il est inscrit : *née le 10 novembre 1949 à Msirda Fouaga, Algérie*.

À qui se fier ?

Au moins, elle n'a pas une date *présumée*, elle a échappé au fameux 1ᵉʳ janvier attribué aux indigènes par défaut.

Les usagers n'hésitent pas à lui céder leur place dans le 173, le bus qu'elle prend chaque samedi matin, station Fort d'Aubervilliers, en face de la poste.

Elle va faire le marché de la Mairie et achète toutes sortes de choses inutiles. La plupart du temps, ce sont des objets en plastique et des gadgets ménagers *révolutionnaires* dont les camelots font la démonstration au micro-casque, perchés sur leur estrade. Littéralement fascinée, Yamina pourrait rester des heures

11

devant ce spectacle. Éblouie, elle applaudit parfois à la fin du numéro, même si le résultat n'est pas très convaincant. Elle n'est pas de nature suspicieuse. Elle ne pense pas qu'on essaie de l'arnaquer. Ça ne lui vient même pas à l'esprit. Elle a envie de croire au miracle que le gitan expose avec ferveur. D'ailleurs, c'est assez facile pour Yamina, son cœur croit sans qu'elle ait à le forcer. Elle accepte aisément la parole de cet homme enjoué qui porte une casquette Von Dutch lorsqu'il parle de la magie de l'épluche-tout, malgré son débit anormalement rapide. Le prédicateur du marché d'Aubervilliers se présente tou-jours de la même façon aux clients attroupés devant son stand : *M'sieurs, dames, bonjour ! J'm'appelle Moïse, j'suis le pote de Dieu !*

Le camelot au torse large est court sur pattes, fixe sur ses appuis. Il rend la monnaie aux femmes sans leur effleurer la main, exhibant son avant-bras poilu et son tatouage artisanal *Pour toi Suzie.*

Yamina repart avec son gadget et l'impression d'avoir fait l'affaire du siècle.

Le marché de la Mairie d'Aubervilliers est un rituel important pour Yamina. Elle s'y rend seule. Y croise quelques copines. En évite d'autres. Surtout *les jour-nalistes*, c'est comme ça qu'elle surnomme celles qui posent trop de questions : *Et tes filles ? Toujours pas de mariage en vue ?* Yamina reste polie, s'en remet à la destinée : *C'est Dieu qui décide.*

Elle rentre chez elle en réfléchissant à ce qu'elle pourrait préparer pour le déjeuner. Elle se hâte de reprendre le 173 dans le sens inverse. Elle aime bien présenter sa carte Navigo Forfait Améthyste au chauffeur qui lui jette un bref regard derrière ses lunettes aux verres fumés. Yamina fait ça en imitant les inspecteurs de police des séries télévisées qu'elle regarde, sans s'en rendre compte.

Lorsqu'on l'invite à s'asseoir, systématiquement, Yamina commence par refuser : *Non merci, ça va, c'est gentil*, prétendant être capable de tenir debout au milieu du bus, coincée entre deux poussettes. Elle fait comme si son équilibre n'était jamais en péril, comme si ça ne secouait pas dans le virage de la rue Danielle-Casanova. Non pas qu'elle se sente offusquée qu'on lui propose de s'asseoir en raison de son âge, au contraire, elle apprécie les bonnes manières. C'est plutôt qu'elle n'aime pas qu'on se dérange pour elle. Il faut beaucoup insister avant qu'elle se décide à dire oui. Elle fait pareil quand les adolescents qui fument du mauvais shit au pied de l'immeuble lui proposent de porter ses courses. *Ça ira mes enfants, je vais me débrouiller.*

Alors ils insistent, ils ont l'habitude avec elle, il faut presque lui arracher les sacs des mains. Elle finit par céder en souriant et ne cesse de les remercier jusqu'à la porte. Attendrie par leur geste, elle leur dit avant de refermer : *Vous êtes de braves garçons.*

L'idée de vieillir n'effraie pas Yamina. Depuis quelques années, elle ressent même une certaine quiétude. On dirait qu'elle n'est pas embarrassée par les petits tracas de l'âge.

De toute façon, Yamina ne se plaint jamais.

C'est comme si cette option lui avait été retirée à la naissance.

Elle a pourtant quelques soucis de santé, qui l'obligent à prendre des médicaments deux fois par jour pour réguler diabète et hypertension. Tous les deux mois, elle se rend au laboratoire d'analyses médicales Lamarque, rue Hélène-Cochennec, pour faire des prises de sang. Elle apporte les résultats à son médecin traitant qui la suit depuis 2003. Le cabinet est au fond d'une impasse, dans un pavillon vieillot. Ici, on ne prend pas rendez-vous. On y va et on attend, ça peut durer des heures. Sur la table basse poussiéreuse, il y a des magazines éparpillés, du genre *Challenge* ou *Management*. Il y a aussi un numéro de *L'Express* qui traîne. En couverture, un portrait gribouillé de Manuel Valls auquel on a violemment barré les yeux et dessiné une moustache au stylo Bic.

Mais *Management* et *Challenge* ? Qui veut lire ça ? Personne ne se sent concerné par la revue *Challenge* dans le coin. Et c'est dommage car l'un des magazines titre pourtant : *Réussir en France, c'est possible et on vous dit comment !*

Au mieux, quelqu'un se lève, balaie des yeux la table basse et se rassoit, déçu.

En consultation, le médecin se contente du minimum. Il ne va pas beaucoup plus loin que les examens routiniers.

Ce qui est remarquable, c'est qu'il tutoie Yamina, non parce qu'il y a une quelconque intimité entre eux, ni même parce que c'est un homme particulièrement chaleureux. Il la tutoie après avoir dit *madame Yamina*. Par exemple, il demande : *Alors, madame Yamina, tu as bien pris tes petits cachets ?* ou : *Madame Yamina, ça ne va pas le diabète en ce moment, tu as mis trop de sucre dans ton thé à la menthe ?*

Et, c'est absurde, mais Yamina l'aime bien. C'est probablement l'habitude. Quinze ans déjà qu'elle vient ici. Elle lui est fidèle. Elle n'a jamais songé à le quitter. D'ailleurs, elle s'enquiert toujours de la santé de son médecin, c'est assez cocasse.

Elle est probablement la seule de ses patientes à lui demander comment il va et à prendre des nouvelles de sa famille. Elle le fait avec une sincérité déconcertante.

Elle ne perçoit aucune condescendance dans le ton qu'il emploie avec elle. Même lorsque, sous prétexte d'humour, il lui demande de dégager ses oreilles de son foulard pour y regarder à l'intérieur avec son otoscope et qu'il ajoute : *Allez, on enlève sa petite burqa pour montrer ses petites oreilles.*

Yamina ne voit pas le mal. Ça la fait même plutôt sourire.

Yamina ne voit pas non plus ce que les gestes indélicats du médecin traduisent. Elle ne se rend pas compte qu'il est brusque et expéditif. Parfois, même, il la heurte en lui soulevant le bras pour prendre sa tension, mais jamais elle n'oserait le lui faire remarquer. Comme si avoir mal était acceptable. Comme si rien n'était grave, la concernant.

D'une certaine façon, Yamina est préservée.

Elle ne saisit pas dans quelle géométrie le monde l'a placée. Son innocence la protège de la violence de l'attitude du médecin. Elle ne s'aperçoit pas du rapport vertical qui se joue dans le cabinet du docteur qu'elle respecte tant, pour son titre, ses années d'études et son savoir. Elle ne voit pas cette échelle invisible sur laquelle il se perche chaque fois qu'il s'adresse à elle.

C'est à se demander si Yamina ne le fait pas exprès, car elle semble incroyablement sourde à la colère qui l'appelle.

Après tout, peut-être a-t-elle choisi de ne pas se laisser abîmer par le mépris ?

Peut-être Yamina a-t-elle compris depuis longtemps que si elle commençait à relever la moindre chose, ça n'en finirait plus.

Le père de Yamina a été un résistant. Là-bas, en Algérie.

Et si, aujourd'hui, pour cette femme de soixante-dix ans, refuser de se laisser envahir par le ressentiment était une façon de résister ?

Mais la colère, même enfouie, ne disparaît pas. La colère se transmet, l'air de rien.

Ses enfants, eux, ils n'aiment pas ça. Ils ne supportent pas qu'on s'adresse à leur mère comme si elle était absolument idiote, naturellement inférieure.

Eux, ils savent qui elle est, ce qu'elle a traversé, et ils exigent que le monde entier le sache aussi.

Ce jour-là, Hannah a fait un scandale à la préfecture.

L'agent d'État, derrière sa vitre, se met à parler très fort en articulant lentement pour s'adresser à Yamina. On dirait qu'elle gronde une gamine. Une histoire de document manquant. Et Hannah, qui est la

16

plus sensible de la fratrie, lui fait d'abord remarquer : *Elle est pas débile. C'est pas la peine de lui parler comme ça.*

L'autre, protégée par une vitre de séparation blindée, par le rappel du texte de loi dissuasif en cas d'outrage, protégée par sa fonction, par le fait que personne n'a envie de revenir le lendemain faire cette foutue queue à la préfecture, l'agent donc, ne daigne même pas regarder Hannah dans les yeux.

Elle fait : *Pffff, eh oh, ça va pas commencer, hein ! C'est toujours pareil avec vous !*

Il n'en faut pas plus pour que Hannah s'enflamme. Il n'en faut pas plus pour qu'elle sente soudain le soufre s'emparer de tout son corps. Étrangement, elle se souvient de sa leçon de chimie au lycée sur le soufre : *Il a pour symbole S. Groupe des chalcogènes. Élément insoluble.*

Hannah pourrait en pleurer. Chaque fois qu'on se montre condescendant avec sa mère, il lui semble qu'elle rétrécit sous ses yeux, comme un vêtement lavé à haute température.

Hannah sent une énorme vague monter dans sa poitrine, qui à tout instant risque de déborder. Il y a tellement de rage coincée dans sa gorge que ça lui laisse un goût aigre, une rage ancienne, de plus en plus difficile à contenir. Mais, pleurer, ce serait montrer de la faiblesse, et ça, c'est hors de question. La faiblesse, c'est fini.

Tu parles à qui, toi ?!

17

Hannah cogne sur la vitre, tandis que Yamina, désespérée, la retient comme elle peut : *Benti, c'est pas grave. Calme-toi.*

La femme derrière le guichet a postillonné en sifflant et une projection de salive s'est collée à la vitre.

Elle, certainement, ne voit pas le problème.

Avec eux, c'est toujours pareil ! Ils sont jamais contents !

La fonctionnaire d'État est persuadée d'avoir fait un beau geste pour se faire comprendre, un effort généreux, alors même qu'elle n'y était pas obligée.

Qu'est-ce que j'ai encore fait qui va pas ? On sait pas ce qu'ils veulent, bon sang !

L'heure du déjeuner approche. Fabienne a faim. Des gargouillis embarrassants montent de son estomac. Depuis qu'elle a commencé ce régime hyperprotéiné, elle est sur les nerfs. Elle était pourtant pleine d'espoir quelques semaines plus tôt en achetant *Maigrir en bonne santé*, le livre du Dr Jean-Michel Cohen, au magasin Leclerc de Bobigny Normandie-Niémen.

Avec Bruno, ils essaient de recoller les morceaux, elle veut perdre du poids pour se rendre à nouveau désirable à ses yeux, comme avant. Mais Fabienne ne supporte pas la privation. Elle se sent continuellement tendue.

Depuis un bon moment, en plus de compter les calories, elle se bagarre contre le doute. *Et s'il y avait une autre femme ?* On croit toujours que ça n'arrive qu'aux autres. *Arrête de te faire des idées, Fabienne,* qu'il lui dit, les yeux rivés sur son portable. Au début, elle a essayé de chasser de son esprit ce mauvais scénario. Mais très vite, c'est devenu une fixette :

Pourquoi commencer à se parfumer à cinquante-trois balais alors qu'il a toujours dit que le parfum c'est pour les fiottes ?!

Les hommes se lassent, elle a souvent entendu sa mère le répéter, elle était prévenue. Ça fera bientôt dix-sept ans de mariage. Il est loin le temps où elle se sentait resplendissante chaque fois qu'il posait les yeux sur elle. À l'époque, elle croyait à l'amour éternel et à tout ce cirque sur les sentiments.

Il faut bien l'admettre, Bruno n'est pas différent des autres, c'est un homme tout ce qu'il y a de plus banal. C'est même l'incarnation de la banalité.

Tous les couples autour d'eux se fracassent en mille morceaux. La moitié de ses copines sont divorcées. Pour quelle raison Fabienne serait-elle épargnée ? Elle se voit comme passant l'épreuve des poteaux dans «Koh-Lanta», s'agrippant de toutes ses forces pour ne pas tomber à l'eau. L'idée de se retrouver seule à cinquante ans la terrorise. Et si ça lui arrive un jour, le plus bête, c'est qu'elle n'a pas la moindre photo potable à poster sur un site de rencontre.

Alors, plus que jamais, Fabienne se sent déconsidérée, et fragile.

Elle qui a été si fière de devenir fonctionnaire.

Quelle blague ! Ses années à la préf, elles ont compté double, voire triple. Désormais, la simple vue des murs ternes du bâtiment immonde où elle se traîne chaque matin lui donne la nausée. *C'est pas une préfecture, c'est un caveau. Quel architecte pousse-au-suicide a dessiné cette horreur ?* Fabienne ne compte plus les menus Maxi Best Of engloutis salement au McDo du centre commercial Bobigny 2.

Ses retours douloureux après la pause déj, qu'elle fait pourtant durer en sirotant un crème écœurant au Segafredo, le café de la galerie, où s'agglutinent des hommes maigres qui ne se rasent pas fréquemment, quasiment tous arabes.

Nagui est le seul Arabe qui trouve grâce à ses yeux, un Arabe de la télé, elle se dit *il a son petit charme, des yeux rieurs, il est pas mal.* Mais les types du Segafredo, eux, c'est le style genre à forcer leur femme à faire des choses. Fabienne imagine que ces femmes font ces choses même les soirs où elles n'en ont pas envie. *Faut dire qu'elles sont souvent crevées à cause de leurs gosses.*

Fabienne y mettrait sa main à couper que les gars de la galerie commerciale, c'est le genre d'hommes à forcer, oui, *une armée de forceurs.* Ça la met mal à l'aise à la fin. Elle n'ose pas les regarder, elle n'ose pas non plus poser ses bras blancs sur le comptoir. *Va bientôt falloir payer son café en dinars ici.* Elle retourne à son guichet avec un sacré cafard, une sorte de déprime qui s'accroche à la peau. Elle se dit souvent : *C'est pas un hasard si Bobigny centre-ville est le terminus de la ligne. On s'y arrête. On a envie d'en finir.*

Fabienne en a marre de ce défilé de *races*, de dialectes, de figures amochées et d'histoires intimes qu'elle n'a pas envie d'entendre. Elle n'est pas outillée pour faire face à tous les paradoxes de ces gens ; leurs regards enragés mais leurs mains qui supplient, leurs poings qui se serrent tandis que se courbent leurs dos. Il faut comprendre tout ça, il faut démêler tous leurs nœuds, et ce n'est pas son métier. Derrière une vitre floue, les gens devraient l'être aussi. Fabienne est là pour faire respecter les procédures. Pas pour encaisser sans broncher. Merde à la fin.

Elle pointe son index sur Hannah : *Eh toi ! Tu vas te calmer, okay ?!*

Et ce doigt rose et boudiné vient, sans le savoir, d'appuyer sur un bouton imaginaire, le bouton rouge, celui qui déclenche la guerre.

Nan je me calme pas ! Tu me dis pas de me calmer ! Tu lui parles avec respect t'as compris ?!

Hannah, c'est de la nitroglycérine qu'il faut manipuler avec précaution. Yamina le sait. Elle connaît sa fille. Mais Fabienne, qui l'ignore, en rajoute une couche : *Je vous rappelle que vous vous adressez à un représentant de l'État !*

Hannah prend feu. Elle est véritablement en combustion. Elle s'embraserait pour défendre l'honneur de sa mère.

J'm'en fous que tu sois un agent de l'État ! Tu crois que t'impressionnes qui, ici ? J'en ai rien à foutre !

Et puis, elle a remis un coup sur la vitre, avec toute la tranche de son avant-bras.

J't'emmerde sale grosse !

Le volet du guichet s'est refermé brusquement. Fabienne est allée déjeuner, laissant Hannah dans ses flammes, songeant à se mettre en arrêt maladie.

Des gars de la sécurité ont fini par les sortir de là, toutes les deux. La mère, honteuse, une main sur la joue, et la fille, qui a presque explosé en plein cœur de Bobigny préfecture. L'un des types avec son brassard Sécurité orange fluo s'est montré compatissant. Il a appelé Yamina *Tata*, en la conduisant vers la sortie. Il est du pays, ça se devine à son accent. Le respect de cet homme a été réconfortant. Mais inutile. Il n'a pas le pouvoir.

Son respect n'empêchera pas le lendemain d'advenir. Le lendemain, de nouveau, Hannah paiera le parking, puis, avec sa mère, elles traverseront la dalle, et elles feront encore la queue pendant des heures. Et, manque de pot, elles tomberont sur le guichet C, celui de Fabienne.

C'est une fois installée dans sa vieille Clio bleue, diesel, année 2006, chinée sur Leboncoin, que Hannah a senti ses genoux trembler. Elle a demandé à sa mère d'attacher sa ceinture, Yamina a tendance à oublier sa propre sécurité.

Hannah a repris son souffle. Ses nerfs étaient tendus. Mais, au moins, elle n'a pas pleuré.

Yamina n'a que son amour à offrir à ses enfants.

Peut-être que l'amour les apaisera.

Avec un peu de chance, l'amour leur fera oublier les humiliations et les déchargera du poids des sacrifices.

*

Il fait encore doux pour un mois d'octobre. La fenêtre est grande ouverte et le rideau danse dans le courant d'air léger. Yamina est heureuse à l'idée de réunir tout le monde à sa table pour le déjeuner.

Dans la cuisine, la cocotte siffle délicieusement. Il n'y a rien de mieux au monde que la cuisson sous pression. L'odeur s'est répandue dans tout l'appartement. Yamina a préparé de l'agneau et des haricots verts. Ses enfants adorent ça, surtout Omar. Si le bonheur avait une odeur, ce serait sans aucun doute celle de l'agneau qui mijote.

Son mari s'est assoupi sur la banquette du salon en regardant la télévision ; la rediffusion d'un vieux western de 1966 : *El Dorado* avec John Wayne et Robert Mitchum. Les westerns, c'est ce qu'il préfère. Yamina lui retire délicatement la télécommande des mains et replace l'oreiller sous sa nuque.

Brahim Taleb est encore beau. Sa peau a toujours le même éclat et ses rides sont comme des énigmes qu'on voudrait résoudre. Il ne ronfle pas. Yamina dit toujours qu'il dort comme un mort pieux. Et, venant d'elle, c'est un sacré compliment.

Debout au milieu du salon, elle constate fièrement qu'il n'y a pas un gramme de poussière sur les bibelots, pas un pli sur la nappe. Il ne lui reste qu'à attendre ses enfants pour servir le repas. La table est déjà dressée.

Yamina est penchée à la fenêtre et, à travers sa gandoura bleue, la robe de maison traditionnelle, on devine sa silhouette fine, son corps raide.

Du quatrième étage, elle observe avec tendresse des gosses qui jouent dehors, à la balle au prisonnier. Elle se souvient qu'hier encore ses enfants jouaient sous la fenêtre avec insouciance et qu'elle criait leurs prénoms pour les faire remonter à l'appartement avant la tombée de la nuit. Yamina soupire. Ses gamins lui manquent.

Peut-être que ça ne vous frapperait pas immédiatement en la regardant, mais derrière Yamina, il y a une Histoire, comme derrière tout un chacun.

DOUAR D'ATOCHENE
PROVINCE DE MSIRDA FOUAGA
ALGÉRIE, 1949

Ça commence quelque part à l'ouest de l'Algérie.
À première vue, on croirait un village abandonné. Des poules rousses errent en caquetant sous les yeux tristes d'un mulet attaché au tronc d'un figuier.

Tout autour, il y a des champs d'orge. Le ciel n'a pas été clément cette année malgré la ferveur des gens qui prient pour la pluie.

La petite *mechta* est entourée de figues de Barbarie. Partout dans la région, les cactus parsèment les crêtes et les pentes.

Il y a une lourdeur dans l'air qui noue les estomacs.

La famine, c'était il n'y a pas si longtemps. Tout le monde s'en souvient.

Et désormais, tout paraît fragile à nouveau.

Peut-être qu'on a déjà une sombre intuition, celle des ravages d'une guerre à venir.

Comme un ciel menaçant.

Mais il ne pleut pas. Il ne pleut pas encore.

Là, au milieu du douar, trône une maison de *tlakht*, de l'argile prélevé dans le flanc de la montagne et mélangé à du son d'orge pour bâtir les murs. À l'intérieur, très peu de mobilier, des nattes d'alfa posées à même la terre battue et des femmes qui s'agitent.

La sueur perle sous leurs foulards colorés. L'une d'elles psalmodie. Elle a une voix claire, calme, et si ce n'étaient les taches brunes sur ses mains, on ne devinerait pas son âge. C'est la seule à ne pas s'inquiéter. Il en faut bien une.

Elle, c'est la *qabla* du village, la sage-femme officielle.

Elle se montre rassurante, caresse la main de Rahma, la jeune fille à la peau rose, à qui on n'a rien expliqué.

Les tatouages berbères se troublent sur le front de la sage-femme accroupie. Rahma y voit flou à cause de la douleur, ça lui donne des hallucinations. Elle fronce les sourcils en fixant le mur peint à la chaux et croit apercevoir des centaines de lézards grimper en rangs de deux. Ils ressemblent aux soldats français, ceux qu'elle a aperçus de l'autre côté de l'oued en train d'attraper des grenouilles ; ces gens mangent des grenouilles, à ce qu'on raconte.

Ce jour-là, elle a eu très peur. Elle a marché plus vite et son souffle s'est accéléré. Les soldats disaient des choses entre eux, et elle les a vus montrer du doigt son gros ventre tendu, en ricanant.

L'un d'eux a sifflé et lui a fait signe d'approcher. Rahma a imploré l'aide de son Seigneur, du mieux qu'elle pouvait. Elle ne connaissait pas les formules qui conviennent. Contrairement à ses frères, elle n'a pas eu la chance d'aller à l'école coranique.

Rahma s'est approchée des soldats en durcissant sa figure. Elle avait appris à ne pas montrer sa peur, à la garder pour elle. *Ils ont pris leurs terres mais ils n'auraient pas leur dignité.* À force, son visage perdait de sa candeur, ce masque de gravité, elle le garderait pour toujours.

Après un moment de silence, le soldat a bousculé Rahma en baragouinant quelque chose qu'elle n'a pas compris, et le baluchon de vêtements qu'elle portait sur la tête s'est renversé aux pieds de l'homme.

Il a hésité un instant à les ramasser, une forme de compassion a traversé furtivement son regard, mais il s'est ravisé. *Qu'elle aille se faire foutre. Elle n'a qu'à se démerder.* Il ne l'avait pas fait exprès, après tout. Il l'avait juste un peu chahutée, *pas de quoi en faire un drame.*

Lui, il n'en avait rien à cirer de l'Algérie, des indigènes et de toutes les horreurs que lui ont racontées les autres officiers. Ça faisait déjà dix-neuf mois. Il avait hâte de rentrer à Brignoles, de ne plus entendre parler de l'Algérie ; depuis qu'il avait reçu sa feuille de route sa vie était devenue un cauchemar. Tout ce que voulait Antoine, c'était reprendre le garage de son père et y réparer des caisses. Il adorait ça, récupérer un vieux tacot et lui donner une seconde jeunesse. Depuis que les bicots avaient commencé à se rebeller, on envoyait des gars dans son genre en Algérie, et lui, comme beaucoup d'autres, il n'avait rien demandé. Antoine, c'était plutôt un tendre, pas le genre à intimider les femmes. Il voulait faire rire les copains, voilà tout.

C'est vrai ça, qu'est-ce qu'on se fait chier dans ce bled !

Les copains se sont effectivement marrés en regardant *la bougnoule engrossée* se pencher péniblement pour ramasser son linge. Antoine y a repensé un peu le soir, au moment de se coucher, il s'est rappelé le regard de cette femme, ses yeux cernés, et a eu honte de son geste. Évidemment, il a gardé son remords pour lui.

Il n'y a rien de plus personnel qu'un regret.

Rahma avait passé une partie de la journée à laver et faire sécher les vêtements au soleil, au bord de l'oued. À cause des mangeurs de grenouilles, ils étaient sales, et il faudrait y retourner le lendemain matin, et tout recommencer.

La jeune fille aux joues roses et pleines a encore l'âge de jouer. Il reste à Rahma quelque chose de l'enfance lorsqu'elle plonge ses pieds blancs et nus dans la rivière. Elle sautille en riant, après avoir vérifié que les autres femmes ne la regardent pas. Elle ne voudrait pas qu'on remarque qu'elle se plaît à marcher entre les cailloux, à observer l'eau claire passer entre ses orteils. Rahma peut sentir la fraîcheur monter jusqu'au sommet de sa tête. C'est une sensation délicieuse.

Mais l'enfance est finie.

On a fait d'elle une femme, *brusquement*.

C'est probablement vrai pour toutes les femmes du monde.

Devenir femme, c'est soudain, c'est d'un instant à l'autre.

Les femmes de Msirda ne sont pas épargnées.

La future belle-mère de Rahma avait dit, en regardant la jeune fille frotter des habits au bord de l'oued Kiss, la rivière qui sépare l'Algérie du Maroc : *Ce sont ces jolis mollets que je prendrai pour mon garçon.* Avoir de beaux mollets, épais et rebondis, était un critère de beauté en ce temps-là.

Allongée sur la natte, face à la *qabla* qui psalmodie, Rahma essaie de revenir à elle. Il y a si peu de souvenirs agréables à convoquer pour ne plus penser à la douleur.

Elle sait bien qu'il n'y a ni lézards ni soldats sur le mur. Elle se dit que c'est probablement la fièvre, et sent qu'on lui éponge le front.

Un éclair lui transperce le ventre. Sa souffrance est telle qu'elle la confond avec la mort, Rahma est maintenant certaine qu'on arrache son âme. Elle croit quitter les vivants.

Il faut imaginer un cri.

Un cri qui fend la nuit noire.

Un cri qui se reflète sur la lune, puis se cogne au ciel avant de se briser et de retomber comme des milliers de petites billes de plomb.

Le cri se répand partout dans le douar. Il réveille en sursaut les villageois. Leurs âmes vagabondes regagnent leurs corps soudainement.

L'enfant est né.

C'est une fille.

Une fille au destin incertain, comme celui d'un pays à l'aube d'arracher sa liberté.

Yamina est née dans un cri.

Alors pourquoi choisir de mener une existence silencieuse ?

RENAULT TALISMAN, 1.5 DCI ECO 2 ENERGY BUSINESS
(INTÉRIEUR CUIR)
PARIS (75006)
FRANCE, 2018

Il traverse la rue du Bac, et il sent qu'il commence à fatiguer. Ses bras s'engourdissent.

Omar n'aime pas tellement ce coin de la ville, mais il y zone encore cette nuit.

Un peu plus haut, il a déposé des clients à l'hôtel Lutetia. Les travaux de rénovation sont enfin terminés. Il a trouvé la nouvelle façade somptueuse.

En regardant cet immeuble se pavaner dans sa nouvelle peau, il s'est dit qu'il aimerait y entrer un jour. Il pourrait s'asseoir au bar de l'hôtel et commander quelque chose, même un Coca. Ça n'excéderait pas les 10 euros, ça ne lui coûterait pas plus cher qu'un paquet de cigarettes, après tout, mais ce n'est pas une affaire d'argent. On pourrait encore en gagner davantage que ça n'y changerait rien. C'est une frontière nébuleuse qu'il a dans la tête et qui lui raconte qu'il ne peut pas entrer au Lutetia.

Omar a toujours senti ça, comme si c'était à l'intérieur de ses veines, ou dans son estomac, *il y a des choses qui ne sont pas faites pour nous*. Ce sont des choses faites pour les autres, ceux qui ont déjà tout. Ceux qui ont toujours eu ces choses. Sans avoir à les demander. Sans même les avoir désirées. Ces choses étaient là, pour eux, depuis le commencement. Et ils continuent simplement de suivre un vieux mouvement bien ordonné.

Il faudrait qu'Omar le grave dans la pierre : *Les autres, ils font à peine l'effort de nous exclure. Nous le faisons très bien nous-mêmes.*

L'idée d'entrer dans cet hôtel chic lui a effleuré l'esprit. Ensuite, Omar a soupiré et a pensé à autre chose.

Il porte un costume bleu nuit de chez Zara, parfaitement repassé. Il était enthousiaste le jour où il l'a acheté en boutique. Dans le miroir de la cabine d'essayage, il s'est trouvé beau. Ça lui donnait de la prestance. Comme tant d'autres chauffeurs Uber, il est mal payé, et son enthousiasme s'est vite dissipé.

L'aube pointe, on entend déjà les oiseaux, il se dit qu'il prend là sa dernière course, à Sèvres-Babylone.

À l'intérieur de la Renault Talisman, il n'y a ni bouteille d'eau, ni bonbons à la menthe, ni sapin parfumé. Ça fait belle lurette qu'Omar a cessé de réapprovisionner. Pour ce qu'il gagne, il ne va pas en plus payer de sa poche.

À l'arrière de son véhicule, des touristes américaines s'extasient à base de *Amazing* et de *Awesome* devant le spectacle que leur offre Paris. Elles portent d'énormes sweats à capuche siglés de leur université et des minishorts en jean, et *j'aimerais bien qu'on nous explique enfin pourquoi les Américaines ont froid partout sauf aux jambes ?*

L'une d'elles joue avec sa queue-de-cheval. Elle n'est pas belle. Il y a quelque chose de disgracieux dans ses traits. Sa peau est rose et grasse. Ses narines trop dilatées, au point qu'on voit les parois presque rouges à l'intérieur de son nez. La ligne de son visage n'est pas bien définie. Et puis, elle a une voix haut perchée, ça n'aide pas.

Mais en regardant l'Américaine, Omar se dit que sa mère la trouverait jolie, il l'imagine détaillant son visage pâle, examinant ses yeux bleus et ses cheveux blonds en faisant des commentaires admiratifs : *Poupiya !*

Pour Yamina, être belle, c'est être blanche, être blonde et avoir les yeux bleus. C'est une évidence qu'elle ne remettrait pas en question. Pourtant, Omar a bien scruté son visage et, non, l'Américaine n'est pas belle, mais il est certain qu'elle ferait un malheur au hammam du village.

Omar lui demande dans un anglais approximatif et maladroit, presque sale : *Isis okay the music for you and the girlz ? You laïke Djazz ?* L'Américaine n'en a rien à secouer. Elle regarde à peine Omar et répond : *Whatever* en haussant les épaules. Elle s'affale sur la banquette et se tourne vers l'autre blonde : *I am so hungry !* Elle a envie d'un hamburger débordant de fromage et de ketchup.

Avec ses copines, elles ont bu du vin blanc, du chablis, *Oh Gosh ! French wine is so good !* mais elles ont été tout à fait raisonnables. C'est tant mieux. Omar déteste le week-end pour ça. Il a horreur d'avoir

33

affaire à des zombies, de croiser leurs yeux vitreux et inquiétants dans son rétroviseur, de les écouter raconter des absurdités, d'être obligé de s'arrêter en urgence sur une voie de bus quand ils sont au bord de dégueuler. Les gens ivres le répugnent. Il a constamment envie de leur dire : *Tenez-vous, bordel !* mais il se retient.

C'est provisoire de toute façon. Ce volant, ces clients, l'odeur de la pisse la nuit, ce costume Zara, ce job, *tout ça, c'est temporaire.* Il se le répète comme un mantra. Au début, ça l'aidait à supporter. La vérité, c'est qu'il n'en est plus convaincu du tout.

À quel moment les choses ne sont plus temporaires ? Comment sait-on que ça passe de *temporaire* à *définitif* ? Ça glisse sans qu'on s'en rende compte. Parce que, son job temporaire, ça fait déjà deux ans. Il va bientôt passer les trente piges. Il est inquiet.

Il compare avec le moment où il a commencé à perdre ses cheveux. Ça aussi, il pensait que c'était temporaire. Avant, Omar les avait bien fournis, c'était un sacré sac de boucles qu'il avait sur la tête, elles n'étaient pas vraiment noires, plutôt châtaines. Il se souvient de son geste avec la bouteille de shampooing, de sa manière de le faire mousser, de l'effet que lui faisaient ses cheveux humides qu'il laissait sécher à l'air libre. Il a cru que cette perte soudaine était due au stress, alors il a acheté des cures hors de prix à la parapharmacie du centre commercial Parinor. Quand les premières chutes ont laissé apparaître son crâne, sa grande sœur Hannah s'est moquée de lui, elle l'appelait *tête de caillou.* Il s'aidait d'un miroir de poche pour voir ce que ça donnait à l'arrière, vérifiait la progression, prenant maladroitement des photos avec son iPhone 6 dont l'écran était fêlé. Il s'est même renseigné sur ces séjours esthétiques en Turquie qui proposent des implants capillaires à un prix imbattable. Il a visité leur site web, et il y avait des photos avant/après assez spectaculaires. Et puis, il a eu honte. Il a effacé l'historique de recherche de l'ordinateur de la maison.

Un jour, Omar a simplement arrêté de regarder. Il a accepté son destin de chauve. Il sera chauve comme l'a été son père avant lui, et son grand-père avant lui.

La calvitie est un héritage comme un autre, après tout, elle n'a pas réussi à lui ôter son charme.

Omar est devenu, peu à peu, un petit Arabe *calvitieux*. Une tête de caillou en costume sombre qui conduit une Renault Talisman et dont on peut voir l'air sympathique sur la photo, dans la section « Profil chauffeur » de l'application. Juste au-dessus, le nombre de courses effectuées. Omar en est déjà à des milliers de trajets. Des milliers de visages. Des milliers de kilomètres qui l'éloignent des ambitions qu'il a eues autrefois. Il refuse que sa vie se résume à ce nombre, à ce costume fabriqué dans une usine en Asie par des gens encore moins bien payés que lui, à cette voiture dont il faut sans cesse vérifier l'état de propreté pour échapper à un mauvais commentaire.

Omar a été bon élève à l'école, il a obtenu des diplômes. Il a bien écouté quand on lui a dit qu'il devrait se battre deux fois plus que les autres. C'est ce qu'il a fait. Et alors quoi ?

Ce n'était même pas pour faire plaisir à sa mère, ni à son père. Ce n'était pas non plus pour prendre une quelconque revanche sur leurs sacrifices d'exilés, ni pour sauver qui que ce soit de la misère. La famille d'Omar a toujours mangé à sa faim.

Ce fils qui conduit une belle voiture et qui porte un costume, Yamina en est fière. Elle trouve qu'il s'en sort bien mieux que les fils de ses copines qui ont fait du placard et contraint leur mère à se soumettre à des fouilles policières à l'entrée des parloirs. Elle trouve qu'il s'en sort mieux que les gamins alcooliques et drogués qui mendient avec leurs chiens pleins de puces près de la gare RER.

Elle trouve surtout qu'il s'en sort largement mieux que son père.

Le chef de famille était coffreur-boiseur, quand il travaillait encore. Il était constamment fatigué et nerveux, il racontait des histoires de chantier ennuyeuses. Les mêmes récits de marteau-piqueur, de Portugais, de maux de dos et de patrons hostiles.

À l'époque, Brahim, le père d'Omar, faisait régulièrement le même cauchemar.

Sur un chantier, des ouvriers s'agitent. De la fumée provenant du sol dessine des formes monstrueuses tandis qu'une odeur insoutenable s'échappe des égouts. L'énorme benne arrive et fait couler le béton armé. C'est lui qui commande l'opération. Au début, il est fier qu'on lui donne cette responsabilité. Tout semble bien se passer, mais alors que le béton se met à couler, il s'aperçoit que ses enfants sont coincés dans le coffrage. Ils se débattent pour en sortir et lui n'y peut rien. Il hurle en tenant son casque et regarde ses gamins se noyer dans la matière grise. Brahim se sent impuissant et coupable. Ses enfants crèvent là, juste sous ses yeux. C'est sa faute. Il le sait bien. C'est lui qui les a amenés ici. Ses enfants meurent par le béton. C'est une tragédie. Il n'a rien vu venir. Le béton est un monstre qui avale tout. Brahim voudrait mourir lui aussi, il voudrait être englouti à son tour. Il tente de les rejoindre dans le coffrage pour couler avec eux, mais il n'y parvient pas. Ses jambes sont inertes.

Ça se termine ainsi.

Ses gosses, qu'il aime tant, s'enfoncent sous ses yeux dans le béton qu'il a fait couler lui-même.

Le père d'Omar se réveillait en sursaut, suintant de sueur, il attrapait l'épaule de sa femme, qui avait horreur d'être réveillée comme ça, en pleine nuit. Il lui racontait son cauchemar par bribes, c'était vague et désordonné, il sentait son cœur frapper au-dedans. Et sa femme faisait une moue incrédule : *C'est n'importe quoi ! Tu ne penses qu'à ton travail. Récite le verset du Trône et rendors-toi. Il est presque 4 heures, tu te lèves bientôt.*

Brahim avait eu un métier éreintant. Le midi, il mangeait des patates dans une gamelle. Sans surprise, tous les jours de la semaine, il y avait des patates dans la gamelle.

Pour encourager le petit Omar à s'appliquer, son papa lui disait : *Attention mon fils, il faut bien travailler à l'école ou tu vas emporter la gamelle à ton tour !*

Dans son esprit d'enfant, la gamelle était une menace, celle d'échouer, celle d'avoir une vie pénible.

La gamelle, c'était la menace de finir comme son père.

Yamina avait fait assez de patates comme ça, elle avait assez rempli de gamelles et nettoyé assez de combinaisons pleines de boue. Elle avait les mains rêches d'avoir frotté le linge à la brosse sous le tuyau d'eau froide. La saleté du chantier, les traces que ça laisse, c'est difficile à effacer. Mais aujourd'hui, en regardant sa famille, elle ne regrette rien de ses peines.

Yamina peut sentir son cœur déborder de sentiments pour eux, *il déborde comme la Méditerranée*. Elle a tellement d'amour qu'une centaine de fils et de filles pourraient se le partager. Cette femme a une poitrine débarrassée de toute rancune. C'est presque miraculeux quand on y songe. Ses enfants lui envient son innocence et lui en veulent, aussi, parfois, d'être si indulgente.

L'esprit d'Omar s'égare souvent comme ça quand il conduit.

Il pense au passé. Et Dieu sait que penser au passé n'est pas plus simple que d'imaginer l'avenir. Omar pense à tout l'amour qu'il a reçu, que ses sœurs ont reçu. Il pense à ses parents. Aux yeux tristes de sa mère. Il pense à tout ce que ces yeux-là ont vu. Il pense aux grandes mains de son père, à tout ce que ces mains n'ont pas eu l'occasion de raconter. Omar pense à tous les autres, aux gens en transit, aux cœurs exilés, et aux rêves abandonnés en route. Est-ce qu'il en sera de même pour ses rêves à lui ?

Il est maintenant 5 heures passées. L'heure à laquelle son père se réveillait pour aller au chantier. Omar décide qu'il est temps de rentrer à la maison. Il a éteint TSF Jazz aussitôt après avoir déposé les Américaines sur la place de la Bastille. Il a coupé l'application et desserré sa cravate.

Avec un peu de chance, il arrivera à temps pour prier *Fajr* à la mosquée d'Aulnay-sous-Bois.

Yamina est une fille maigrelette.

Ses grands yeux couleur miel sont entourés d'une épaisse frange de cils noirs, ils semblent avoir été dessinés pour ne voir que la beauté du monde. Un vieux ruban orne ses cheveux frisés, et elle porte une petite robe abricot au tissu élimé. Yamina est habituée à marcher sur des épines, à courir dans la terre et à dévaler les pentes rocheuses.

Rahma confie à sa fille des tâches ménagères simples. Elle la trouve douée et a remarqué que, pour une fillette de son âge, ses gestes sont incroyablement précis. Elle est si débrouillarde qu'on l'envoie même au puits toute seule. Yamina parle peu, ne pleure pas, s'endort sans protester. Elle ne fait jamais honte à sa mère.

C'est une brave enfant qui aime les bêtes. Elle passe son temps à caresser les chèvres dans l'arrière-cour. Quand il avait fallu vendre le veau, elle s'était accrochée au cou de l'animal en pleurant. Elle n'a jamais bien supporté les séparations.

41

Depuis quelque temps, la petite Yamina s'est mis en tête de compter les étoiles qui forment un toit immense au-dessus du douar.

Chaque nuit, elle pointe son doigt vers le ciel comme si elle pouvait les toucher, et elle fait ça jusqu'à l'étourdissement.

S'endormir dans la cour en été, dans la fraîcheur du soir, était une consolation délicieuse après avoir passé la journée à travailler sous un soleil écrasant.

Seulement, c'était devenu imprudent. Les soldats français pouvaient faire irruption à tout moment dans les mechtas. Jeddi Ahmed, le grand-père de Yamina, ne voulait plus que les femmes se couchent dans la cour.

C'était le dernier homme à la maison. Le vieillard osseux ne représentait pas une menace considérable aux yeux de l'armée coloniale.

Un jour, alors que Jeddi Ahmed avait Moussa dans les bras, le petit frère de Yamina né quelques mois plus tôt, les soldats sont entrés brusquement dans la mechta.

Ils sont une dizaine. Yamina regarde leurs bérets, leurs chaussures énormes, leurs peaux luisantes, leurs treillis épais. Elle les a vus pousser la porte à coups de pied et faire comme chez eux.

Elle a vu leurs grandes enjambées, les a entendus parler fort, avoir des gestes brutaux, fouiller partout. Elle a regardé leurs armes et elle a pu sentir dans son ventre la peur qu'elles inspirent.

La fillette observe la figure blême de sa mère. Éblouie par le soleil, Rahma ne plie pas, elle durcit sa figure, c'est devenu naturel. À côté de Rahma, les tantes et le grand-père de la fillette sont debout contre le muret de la cour, en rang, stoïques. Yamina vient vite se joindre à eux. Elle a compris qu'elle doit s'aligner aussi. Elle se colle à sa mère, cherchant la chaleur de ses cuisses.

Celui qui semble être le chef crie : *Et vos maris ? Ils sont où vos maris ?*

L'une après l'autre, les femmes répondent exactement sur le même ton : *Franssa*, ce qui paraît agacer l'officier, qui a vidé nerveusement un sac en toile de jute de son charbon, en plein milieu de la chambre. Alors que les soldats quittent les lieux, l'un d'entre eux, le plus jeune, s'arrête devant Jeddi Ahmed et contemple Moussa un long moment. Le bébé a l'air complètement hébété dans les bras du vieillard. Le jeune soldat saisit lentement son arme et sans détourner les yeux la pointe sur le front du nourrisson.

Le grand-père se raidit à peine, sa connaissance des hommes lui dicte d'éviter tout geste brusque. Rahma, toujours immobile contre le muret, observe la scène et se retient de hurler de son cri de mère qui pourrait fêler la montagne, elle se retient de se jeter sur le soldat et de lui mordre le cou jusqu'au sang.

Jeddi Ahmed la regarde en biais, et tout dans ce regard la fait renoncer à son projet de rébellion. Le vieil homme tente d'attendrir le militaire : *Non, s'il vous plaît, un peu de pitié, ce n'est qu'un bébé.*

43

Le soldat a vu en Moussa un futur danger, une menace pour sa propre vie. Il a dit à Jeddi Ahmed : *Un bébé ? Ouais, tu parles ! Un bébé qui va grandir et qui va devenir un fellag !*

Il finit par baisser sa mitraillette.

Par miracle, le jeune Français a retrouvé ses esprits.

Tandis que le convoi de jeeps s'éloigne enfin, Rahma perd connaissance aux pieds de Yamina, qui, calmement, lui apporte de l'eau sucrée pour la faire revenir à elle.

L'enfance de Yamina est déjà terminée.

Imane sait que son père est toujours contrarié. Brahim n'est pas du genre à digérer facilement.

Ils ont un rapport spécial tous les deux.

Imane est la troisième fille, celle qui vient juste avant le fils, celle qui *aurait dû* être le fils.

Imane a le sentiment de décevoir, *une fois de plus*.

Elle tourne en rond dans son vingt mètres carrés à la recherche de son jean coupe Mum de chez Bershka à 19,90 euros. Elle ne sait pas comment s'habiller ce matin. La météo est changeante. Elle se dit que vérifier la température sur l'application météo de l'iPhone est une sale habitude. Imane pourrait simplement passer une tête par la fenêtre, mais plus personne ne fait ça de nos jours.

Cette fois, elle a promis à Yamina de venir au traditionnel déjeuner du samedi. Elle a donné sa parole à sa mère, et dans la famille Taleb on ne rigole pas avec la parole.

Imane sait qu'elle ne pourra pas éternellement éviter la maison. Elle a déjà esquivé les deux derniers repas, prétextant du travail.

Ce qu'elle fuit, et tout le monde le sait, c'est le regard de Brahim.

Bien que les relations se soient apaisées ces dernières semaines, les yeux de son père ne mentent pas, et chaque fois qu'elle croisera son regard elle y lira de la déception, c'est familier mais insupportable. Imane se demande encore comment elle a tenu bon. Elle s'est sentie comme un moineau fébrile qui quitte le nid en s'excusant de s'envoler.

À court d'arguments, elle répétait : *J'ai trente et un ans !*

Pour Yamina et Brahim, avoir trente et un ans n'est pas une explication valable. Pourquoi leur fille voudrait-elle quitter un foyer chaleureux où elle est en sécurité ? Pour se mettre à payer un loyer exorbitant ? Ne pas pouvoir se chauffer correctement en hiver ? Dormir toute seule ? Prendre son café debout dans la cuisine ? S'occuper des courses et de la lessive ?

Et puis, que diraient les gens ?

La famille de Brahim a toujours eu bonne réputation. Sa femme est appréciée. Ses enfants n'ont pas mal tourné, et ce n'était pas une évidence compte tenu de l'environnement dans lequel ils ont été élevés.

Le père de famille avait deux hantises. La première était qu'un jour la police défonce la porte d'entrée à l'aube pour perquisitionner l'appartement et arrêter Omar. Après tout, ça arrivait fréquemment autour d'eux. La seconde était que l'une de ses filles perde sa vertu, qu'elle amène un enfant conçu hors mariage dont Brahim ne saurait que faire et qui entacherait son honneur.

Quand il ne reste pas grand-chose d'autre, l'honneur a de l'importance.

Brahim est vieux à présent et heureux d'avoir évité le pire. Mais depuis le départ d'Imane, il est de nouveau inquiet. Une fille ne quitte pas la maison avant de se marier. Ça, tout le monde le sait. Il a pourtant opté pour la stratégie de la confiance et a donné de la liberté à ses enfants. Il s'est toujours dit qu'il n'avait surtout pas envie de ressembler à son propre père, un homme froid, brutal et sans générosité. Brahim a encouragé ses enfants, n'a jamais levé la main sur eux, les a poussés à étudier. La seule chose qu'ils peuvent lui reprocher est d'avoir été pauvre, et épuisé par le travail.

Si Brahim fait le bilan, ce n'est pas si mal.

Certes, il aurait aimé que son fils Omar soit un peu plus robuste, c'est vrai. Il le trouve trop sensible. Petit, déjà, il n'aimait pas se bagarrer. Il se décourageait facilement et pleurait pour un rien.

Quant à ses filles, pas une de mariée au bout du compte.

Enfin, si, Malika, l'aînée, avait bien été mariée quelque temps.

Une grande et belle fête, comme au pays.

C'est vrai qu'elle était jeune, mais après tout ça se faisait à l'époque de se marier à dix-sept ans. C'était le 11 août 1999. Les faire-part avaient été découpés grossièrement, et des motifs ringards étaient imprimés sur le recto, des anges à l'air lubrique jouaient de la harpe sur chaque coin de la carte. Tout le quartier se rappelle cette date parce que c'était le jour de l'éclipse totale de Soleil. Au centre commercial Drancy Avenir, on distribuait des lunettes en carton supposées protéger les yeux.

C'était à l'aube du nouveau millénaire, l'éclipse avait un avant-goût de futur.

Quand Yamina évoque le mariage de sa fille, et ça n'arrive pas très souvent, elle se montre ironique à propos de cette affaire d'éclipse : *Dieu nous avait adressé un signe évident ! À l'instant où Malika a dit oui à la mairie, un astre en a caché un autre. D'un coup, l'obscurité ! Le message était pourtant clair ! Comment on a pu être aveugles à ce point ?*

Brahim avait dansé au mariage. Ses enfants et sa femme n'en revenaient pas. Ils ne l'avaient jamais vu danser. Croiser et décroiser les jambes sur sa chaise était le mouvement le plus gracieux qu'ils lui connaissaient.

Ils ne pouvaient pas concevoir que Brahim ait eu une jeunesse, qu'il ait dansé le twist à Paris dans les années 1960, qu'il ait porté des pantalons pattes d'eph dans les années 1970 et qu'il ait eu les cheveux longs dans les années 1980. Lui aussi, il avait traversé des époques et des modes, comme tout le monde.

Mais c'était encore une autre histoire, une histoire que Brahim ne racontera jamais.

Encouragé par les chants de l'orchestre de Msirda, l'*aarfa*, il avait exécuté la danse traditionnelle, avec les épaules, en tenant fermement l'*aassa*, une sorte de canne en bois sculpté, et lorsqu'il faisait ces mouvements du haut vers le bas, il donnait l'impression de creuser, de tenir une pelle, comme s'il était au boulot, sur le chantier. Et il n'y avait peut-être eu que sa femme pour réaliser à cet instant-là l'étrange ressemblance entre cette danse régionale et le métier de son mari. Les gestes étaient finalement les mêmes, peut-être qu'il s'était épuisé à reproduire une chorégraphie ancienne sur des chantiers toute sa vie sans même s'en apercevoir.

Les talons de Brahim cognaient le sol, c'était intense et maîtrisé, *hop, hop, 1, 2, 3... les épaules, les épaules, hop, 1, 2, 3, 4, 5.* Il riait aux éclats, heureux comme un homme qui recevait une récompense après des années de sacrifices. Encouragé par les applaudissements, Brahim, qu'on n'appelait pas encore *Hajj* à cette époque, avait dansé.

Il ne reste aucune trace de cette dernière danse publique, la vidéo du mariage de Malika ayant été évidemment écrabouillée et jetée aux ordures après le divorce. On croit détruire les souvenirs en effaçant des cassettes et en déchirant des photos, mais *on ne fait pas ce qu'on veut de sa mémoire,* sinon il y a longtemps que Brahim aurait supprimé cet événement de la sienne.

Ce dont il se souvient, c'est qu'il avait sa belle moustache noire, que c'était avant l'an 2000, qu'il payait encore l'EDF par mandat à l'office de Bobigny Normandie-Niémen. À cette période, Brahim rôdait tous les jours avec le père Ammouri, leur ancien voisin, qui était encore en vie.

Brahim a beau trouver ça idiot de le dire, mais c'est bien vrai que les meilleurs partent toujours en premier.

Kader Ammouri était un pape dans sa ville, une vraie mascotte. Avec son long corps de Berbère, tout mince et tout désarticulé, et ses grandes dents qui se chevauchaient dans sa grande bouche qui n'en finissait pas de raconter la vie, il avait des airs de Jacques Brel qui aurait trempé longtemps dans l'huile d'olive. C'était le seul à avoir l'audace de tutoyer l'ancien maire, Jack Ralite, sans une once de gêne, et c'était tout pareil quand il s'agissait de tenir la main de sa femme dans la rue. Alors ça, ça choquait l'opinion. Un pavé dans l'oued. C'était du jamais-vu. Ça faisait jaser tout le quartier qu'un *chibani* puisse se montrer tendre avec sa dame, en public.

C'est que les gens n'imaginaient pas la douceur des mains de madame Ammouri, Tassadite pour les intimes, qui, lorsqu'elle se promenait aux côtés de Kader, se sentait la Queen d'Aubervilliers.

C'est aussi le père Ammouri qui se chargeait de traduire les papiers administratifs des autres darons et de les accompagner pour réclamer des choses à leurs patrons blancs. Il n'avait pas peur de parler fort et de lever le menton. Il n'avait pas peur de se bagarrer, non plus. Tout le monde se souvient de la castagne légendaire avec ce chauffeur de taxi qu'il avait méchamment savaté un samedi matin à la terrasse du Chien qui Fume, le café en face de la mairie.

Ah ! le père Ammouri ! on peut dire que c'était un spécimen rare. Il avait assisté au mariage de Malika, et, en août 1999, il fumait encore comme un pompier sans se douter qu'un cancer commençait déjà à lui grignoter la gorge avec appétit.

L'ennui, c'est qu'il ne manque pas seulement à sa femme et à ses enfants, il ne manque pas seulement à Brahim, à ses amis et à la commune d'Aubervilliers, l'ennui, c'est que le père Ammouri est le genre d'homme qui *manque au Monde*.

Y en a plus beaucoup des comme lui, pas étonnant que tout foute le camp.

Oui, tout fout le camp. Brahim Taleb le constate depuis longtemps déjà. Il s'était senti si fier… C'était un signe de réussite visible, il allait enfin *marier sa fille*. Aujourd'hui, il en a un picotement dans la poitrine rien que d'y penser. Ça a été un coup dur dans sa vie de père. Le premier cas de divorce dans la famille. *Le divorce.* Quelle tristesse d'ajouter ce mot plein de honte et de fracas au dictionnaire des Taleb.

Malika est sa première fille, et il se croit toujours responsable de ce grand malheur. Même après des années, il se sent coupable d'avoir *gâché sa vie*. Dans son esprit, Malika est hors circuit à présent.

Il se souvient des femmes répudiées au village, parfois au lendemain de leur nuit de noces pour on ne sait quelle trouble raison. Le discrédit était jeté sur leur famille. Elles n'avaient plus la moindre chance de retrouver un mari.

Le divorce est un fléau à ses yeux, un genre de mort *pour les femmes*, mais, inutile de le préciser, *pour les femmes seulement*, cela va sans dire. Pour elles, il y a un tas de petites morts avant la grande mort.

Brahim est d'une génération qui ne remarque même pas que les hommes ont le privilège de ne mourir qu'une fois.

Les femmes, elles, sont tuées par leur propre monde, et ce, des milliers de fois. Elles ne cessent de ressusciter, matin après matin.

Pendant longtemps, il rêva qu'il ligotait son gendre, qu'il le mettait dans le coffre de sa Citroën AX rouge, qu'il l'emmenait au parc de la Courneuve, se garait au parking Tapis Vert, et le portait sur son dos jusqu'au bois, dans les hauteurs du parc, à l'abri des regards. Là, il le pendait par les pieds et le rouait de coups. Il cognait de toutes ses forces, de toute sa poigne d'ancien maçon. À un moment, le corps suspendu dans le vide se balançait de droite à gauche, inanimé. Brahim reprenait ses esprits et l'abandonnait là, sans même chercher à dissimuler les traces de son méfait.

Ce n'était qu'une image, mais elle hantait ses nuits.

Son gendre était simplement un jeune homme de son temps. Il n'était pas un *homme* selon les critères de Brahim. Il n'était pas Robert Mitchum ou Lino Ventura. Et, surtout, il avait une petite amie blanche, Cassandra, qui était venue frapper à la porte de Malika un matin, avec son enfant dans les bras. Le gendre avait une famille illégitime, et Malika, dans l'innocence de ses dix-huit ans, a pleuré des heures en écoutant sa cassette des Boyz II Men avant d'oser tout raconter à sa mère. Malika n'aimait pas son mari. Et son mari ne l'aimait pas non plus.

Ils ne s'étaient pas choisis.

Après seulement quelques mois de mariage, elle souffrait déjà de solitude. De toute façon, il traînait constamment au café et jouait aux tickets de grattage, avec les ongles des pouces complètement gris, à force.

L'arrangement entre les pères, qui s'appréciaient mutuellement, s'était pourtant déroulé à merveille.

52

Les deux hommes étaient tombés d'accord sur tout. Leurs enfants avaient accepté poliment de se marier, mais ils ne s'étaient parlé qu'en de rares occasions.

La première fois que c'est arrivé, Yamina a tendu le combiné du téléphone à Malika, qui a ôté les écouteurs de son Walkman d'un geste nonchalant. Elle semblait un peu agacée de devoir mettre sur pause son excellente compil de Zouk Love. Elle a saisi le combiné tandis que sa mère lui disait en croyant chuchoter : *Tiens ma fille, c'est ton fiancé !*

Yamina a fait mine de quitter la pièce pour lui laisser de l'intimité, mais elle est restée sur le seuil, appuyée contre la porte, les bras croisés et le sourire béat.

Malika, embarrassée, a fixé les grosses touches du téléphone posé sur un napperon fait main et a dit fébrilement à son interlocuteur : *Saluuuuut*, en allongeant inutilement la dernière syllabe. Yamina a fait ce geste absurde avec le pouce pour encourager sa fille aînée. Les jeunes gens ont échangé quelques banalités, puis Malika a raccroché sans rien dire. Elle a remis ses écouteurs et fermé les yeux en secouant la tête sur la chanson de Tony Deloumeaux : «L'Anmou an kado».

Malika aimait par-dessus tout la musique créole.

Elle se rappelle encore son fiancé lui demandant ce qu'elle savait préparer à manger, et elle, lui répondant bêtement. Elle lui avait même dressé une liste des plats qu'elle maîtrisait le mieux. À l'époque, elle n'avait pas encore lu *King Kong Théorie* de Virginie Despentes, elle n'avait pas non plus écouté des centaines de podcasts féministes ; non, à l'époque, Malika se contentait de répéter une bonne vieille boucle, et personne ne peut lui en vouloir pour ça.

Ça se passait *comme ça devait se passer*. Il n'y avait pas eu de précédent. Malika était la première fille Taleb à se marier. Ni plus ni moins.

Son unique modèle, c'était Norah, une jeune tante en Algérie. Malika se rappelait sa tête baissée sous le poids de la *chedda*, la coiffe rituelle que portent les mariées, et plus tard, dans la maison du mari, elle se rappelait aussi une femme âgée qui avait agité un drap taché de sang. Malika avait douze ans et elle avait cru que la tante Norah venait d'être assassinée.

Si les aînés des fratries, comme Malika, ont accepté leurs règles désuètes, c'est qu'ils savaient que les parents faisaient de leur mieux.

Il fallait bien des règles, après tout ! Il fallait bien en inventer !

Ils devaient s'organiser un peu, même s'ils étaient de passage, même s'ils croyaient encore à un retour miraculeux.

Une vie, même temporaire, ça s'ordonne. C'est ainsi qu'ils avaient inventé instinctivement leurs lois hybrides, à mi-chemin entre le village de leur souvenir et leur idée d'*ici*.

Parce qu'ils vivaient *ici*. Voilà, il était temps de l'admettre. C'est vrai que ça durait plus que prévu. Il faut dire que ce pays est doué pour voler des années aux hommes, il est doué pour leur confisquer leurs espoirs et enterrer leurs rêves dans des milliers de petits cercueils.

On ne se rend compte de rien. Le temps file. Comme ça. Un beau jour, les enfants sont grands et on compte ses *points de retraite complémentaire PRO-BTP*. Ce n'est pas si simple de prendre les bonnes décisions sans comprendre tous les codes. Ils avaient peur de tout perdre, de se compromettre. Ils tenaient à rester *qui ils sont*. Ils n'ont pas voulu y renoncer. *Ils ont refusé d'être effacés, ENCORE UNE FOIS. Comment ne pas craindre l'effacement ?* C'est ce que ce pays savait faire de mieux, il avait déjà tenté de les effacer, eux, et maintenant il s'en prenait à leurs gosses.

Brahim y pensait parfois en utilisant le White Spirit, superpuissant pour effacer les taches indésirables. Il se disait que la France les effaçait comme le White Spirit efface la peinture, et si Brahim avait compris l'anglais, il aurait été frappé de savoir que White Spirit, ça veut dire *Esprit blanc*.

Malika était trop jeune pour proposer d'autres options. Elle n'a pas eu la chance d'Imane ou de Hannah, ses cadettes. C'est dommage, parce que, à quelques années près, elle aurait pu choisir la vie qu'elle voulait mener. Mais elle était l'aînée, c'est comme ça. Elle n'en veut même pas à Yamina ni à Brahim, elle était leur reine, elle a été choyée, pas de quoi se plaindre. Comme beaucoup d'enfants de sa génération, elle s'était résignée et elle a pardonné à ses parents de s'être trompés de réalité.

Aujourd'hui, en y repensant, elle se dit simplement : *Ils ont fait ce qui leur semblait bon.*

Brahim s'en veut suffisamment comme ça. Il est persuadé que ses deux autres filles n'ont pas voulu se marier à cause de *l'affaire Malika*.

C'est vrai que, depuis, aucune n'a trouvé les hommes à la hauteur.

À la hauteur de Brahim.

Le jour où Imane a osé évoquer son projet d'appartement de femme célibataire, Yamina lui a répondu : *Tu veux tuer ton père ?*

La benjamine soufflait d'exaspération, mais dans le dos de sa mère, afin de ne pas lui manquer de respect. C'était beaucoup trop lourd de vivre à Drama Land.

Imane a trente et un ans, et elle a honte. Elle trouve que ses combats ne sont pas de son âge. Ses parents lui donnent le sentiment qu'elle aura seize ans pour toujours. Imane a passé son temps à prendre des demi-décisions pour ne pas les blesser, à avoir peur, à éviter l'amour. Il est temps d'admettre qu'elle a vécu jusque-là à moitié pour eux, qu'elle a été incapable de leur tenir tête, de leur faire accepter ses choix.

À table, ce samedi, Yamina a préparé *loubia djej*, elle sait que Imane adore ça. Brahim a posé à ses enfants des questions sur le boulot, il s'est intéressé à eux de la même façon, avec la même considération.

Imane se faisait tout un monde, elle voit une trahison là où il y a seulement un peu d'inquiétude. Elle crève tellement de les décevoir.

Décevoir des parents pareils, c'est terrible, c'est pire que tout.

Ils ont fait tellement de sacrifices.

Des sacrifices écrasants.

Malgré eux, ils ont fait de leurs enfants des gamins accablés.

Y en a plein les villes, de ces gosses-là, et, à vrai dire, c'est plutôt facile de les identifier : les enfants accablés font comme leurs parents, ils marchent la tête baissée.

Ils venaient de quitter l'Algérie.
Et c'était comme dire au revoir à une mère.
Voilà donc le premier exil.
La genèse d'une vie de tiraillements.

La famille est partie juste après la prière de l'aube, à dos de mule. Dans la besace de Rahma, il n'y avait rien d'autre qu'un pain de seigle, de l'eau, un peu de sucre et deux oignons crus.

Ils n'ont rien laissé d'important derrière eux de toute façon, si ce n'est leur histoire, des lambeaux de leur chair, et aussi quelques fantômes, sans doute des milliers, mais il était trop tôt pour les compter.

Yamina avait encore sommeil, il faisait froid et on entendait au loin les hurlements des chacals dorés. La fillette faisait mine de ne pas avoir peur. Bien assez tôt, elle avait appris à étouffer ses émotions. À mesure que le convoi familial s'éloignait, la maison d'argile dans laquelle était née Yamina rétrécissait, et finit par disparaître derrière les cactus.

Il y avait aussi ce figuier sur lequel elle avait grimpé un bon nombre de fois. Il lui avait semblé qu'il les implorait de l'emporter. Mais Yamina savait déjà ce qui arrive lorsqu'on déracine un arbre.

Jeddi Ahmed essuyait ses yeux mouillés dans sa *razza*, son turban jaune satiné. Chacun de ses mouvements était pénible. Les mains du vieillard étaient maigres, elles avaient pourtant bâti tant de choses, et on n'aurait pas parié là-dessus en les voyant trembler.

La guerre, la faim, ce voyage, tout ressemblait à une malédiction, comme celles qui frappent les héros des contes anciens, ceux qu'on raconte aux enfants des villages une fois la nuit tombée.

De l'autre côté, au Maroc, Yamina aurait juré qu'ils étaient encore à Msirda. Il n'y avait rien de bien différent. Seulement, ici, ils n'étaient plus chez eux.

Ici, Yamina n'oserait plus grimper aux arbres.

La famille s'était installée chez la mère de Rahma, qui les avait accueillis dans sa modeste maison où tout le monde couchait dans la même pièce. Ce village, Ahfir, portait un nom berbère qui signifie «trous». Le nom des lieux et des choses a une importance, on ne le dira jamais assez.

Ce n'était pas un hasard s'ils avaient atterri là pour être engloutis par les trous, et si ces années n'en finissaient plus. Ce n'était que le début de leur cavale de misère.

Le père de Yamina était au front.

Elle en oubliait presque son visage. Parfois, elle se concentrait pour imaginer un instant ses yeux bleus. Et alors seulement, elle se sentait apaisée. Il faut dire qu'il était sacrément bel homme ! Yamina n'avait jamais vu plus beau visage que celui de son père. Son regard et ses épaules, ses longues jambes, son front fier, sans aucun doute, tout était assemblé harmonieusement.

Il était venu au monde pour devenir un héros. Il en avait toujours eu l'allure et le cran.

Yamina racontait aux petites filles de la rue que son père, à lui seul, était capable de libérer un pays tout entier, qu'il avait assez de bravoure, à lui seul, pour aider tout un peuple à s'affranchir. Et à celle qui osait la traiter de menteuse, Yamina flanquait une raclée mémorable. Elle se battait parfois avec des petites Marocaines, sur la route de la *madrassa*, et dans ces moments-là il lui semblait devenir aveugle, la fillette perdait tout contrôle, ce qui n'était jamais arrivé auparavant. Elle ne cessait de frapper jusqu'à voir l'autre fillette dégouliner de larmes, de sang, ou se pisser dessus, elle ne lâchait que si l'autre avait payé, que si l'autre avait honte, si elle la suppliait de la laisser repartir. Il fallait qu'elle demande pardon, à genoux. Là, seulement, Yamina reprenait ses esprits.

Cette violence était nouvelle dans le corps de la fillette. Elle se sentait effrayée par cette chaleur aveuglante qui envahissait ses membres.

Sa mère avait beau la corriger, elle remettait ça chaque fois que l'occasion se présentait : *Qu'est-ce qui te prend ?! Pourquoi es-tu devenue si dure ?*

61

Accroupie dans un coin de la pièce vétuste, par un après-midi chaud, elle observe sa mère qui, après l'avoir fessée de toutes ses forces, s'est remise à coudre. Elle coud des drapeaux. Vert, blanc, rouge.

Chacun des drapeaux cousus par Rahma avec des chutes de tissus récupérés incarne un espoir, celui qu'un jour elle pourra en agiter un fièrement au-dessus de sa tête, en direction d'un ciel clément. Ce jour viendra, bientôt.

Yamina ne se lasse pas des gestes de sa mère, de ses mains fines et délicates, l'index posé sur le pouce, les trois autres doigts en l'air. Chaque fois qu'elle tire l'aiguille vers le haut puis vers le bas pour repiquer le tissu, elle a l'élégance d'un chef d'orchestre, la grâce d'une danseuse égyptienne.

Elle l'a promis à ses enfants. Bientôt, ils retrouveront leur pays, ils pourront revoir leur maison, et y vivre en paix. Yamina n'a de cesse de demander : *Et le figuier ? Il sera encore là le figuier ?*

Pendant ce temps, d'autres enfants s'ajoutent à la liste des bouches à nourrir. Deux des frères de Yamina sont nés en exil. Mohamed Madouri, le père de famille, réapparaît miraculeusement de temps à autre. Il revient du front, ne reste pas longtemps, quelques jours, au plus, le temps de recevoir les nouvelles consignes. Il fait surtout savoir qu'il est vivant et que la libération est proche.

Mais Mohamed Madouri n'embrasse pas sa fille, il ne la prend pas dans ses bras non plus. Simplement, avant de repartir, il la tient par les épaules un instant et la regarde fixement. Yamina plonge dans ses yeux et croit comprendre. Elle interprète ces regards graves comme un encouragement, comme une obligation de rester debout. Dans ces regards-là, elle se sent aussi importante qu'un fils.

Mohamed Madouri voulait que ses enfants apprennent à lire.

C'est ce qu'il lui était resté de ses années à Paris. Dans les trains, dans les jardins publics, aux terrasses des cafés, partout, les gens lisaient des livres. Lui, l'indigène solitaire né à Boukanoun, le berger analphabète, qui avait abandonné ses chèvres à leur montagne pour faire maigre fortune en métropole, regardait les yeux de ces femmes plongés dans des romans, il les observait mouiller le bout de leur index pour tourner les pages, ça le fascinait.

Pour lui, il était probablement trop tard, mais un jour il aurait des enfants, et eux, il se l'était juré, eux sauraient lire.

Lorsqu'il lui a fallu rentrer, il n'a pas oublié. Le pays serait bientôt indépendant, et il fallait que la première génération libre soit instruite.

Yamina ira donc à la *madrassa*, elle fait partie des rares filles à fréquenter l'école coranique d'Ahfir. Elle prend la route avec son petit frère Moussa, tandis que le village est encore plongé dans l'obscurité. Le *fqih*, vieil instructeur presque sourd, est sévère avec eux. Il y a cette planche en bois sur laquelle les enfants écrivent, à l'aide d'un bambou fendu en deux à son extrémité. Yamina se rappelle encore comment on faisait brûler la laine ; comment, en ajoutant un peu d'eau aux cendres récoltées, on obtenait de l'encre.

Inlassablement, on inscrivait les versets sur la planche, et tant qu'ils n'étaient pas mémorisés à la perfection, il fallait recommencer. Yamina sait, depuis toujours, que l'apprentissage ne se fait pas sans peine.

Parfois, dans la maison de la grand-mère à Ahfir, au milieu de la nuit, se tiennent des réunions secrètes.

La petite fille, accroupie, espionne en se collant au mur, ce qui laisse des traces de chaux sur son chemisier bleu, celui récupéré dans les lots puants de la Croix-Rouge un jour de *rayatma*.

Le ravitaillement est mieux qu'une fête pour les enfants des réfugiés d'Algérie.

Des femmes inconnues donnent des instructions à voix basse : *Ne vous disputez pas, soyez discrètes, ne vous faites pas remarquer, veillez à ce que vos enfants se tiennent bien, soyez de bonnes voisines, ne parlez pas de vos maris, ne parlez pas de vos frères, ne dites rien sur la guerre, rien sur les actions des combattants, restez invisibles.*

Yamina a entendu tous ces mots et elle a senti que *rester invisible* était une question de survie.

Pour toujours, elle gardera la tristesse profonde de ceux qui ont le sentiment de tout avoir abandonné, alors même qu'ils ne possédaient rien.

Pour toujours, elle gardera cette illusion terrible, qui laisse croire qu'on peut quitter un lieu, y retourner et retrouver les choses comme on les a laissées.

Hannah est arrivée au rendez-vous plus tôt que prévu.

Comme toujours, elle a un temps d'avance.

Elle a été un bébé prématuré. Puis une gosse surdouée. Et, enfin, une adulte indignée. Elle a toujours pigé plus vite que les autres.

Elle trouve ça pénible. À trente-quatre ans, elle se sent déjà épuisée.

Ce type n'est pas très beau, il a de l'embonpoint, des poils sur les doigts, les yeux désespérément petits et cette manie de couper la parole. La dernière fois, il a interrompu la moindre de ses phrases pour faire des commentaires absurdes. Ses interventions étaient inutiles, ses tentatives de vannes embarrassantes et son parfum trop fleuri pour être viril.

Le manque de virilité est un réel problème pour Hannah.

Cette fois, elle avait décidé de faire un effort, de ne pas être radicale, de laisser la chance au produit.

C'était leur deuxième rendez-vous, et elle était même prête à ignorer qu'il portait un jean slim bootcut qui épousait ses hanches.

Oui, *ses hanches*.

Si Hannah remarque *les hanches* d'un homme, automatiquement, il devient une sœur, et elle n'a pas envie d'une sœur.

Hakim arrive tout sourires à la terrasse du café, accompagné de ses hanches arrondies. En le regardant passer entre les tables, Hannah se dit qu'il a *la dégaine de la danseuse orientale vedette d'un restaurant marocain de province.*

Elle soupire.

L'unique charme qu'elle accorde à ce garçon, c'est son ambition. C'est rare de voir ça. Une simple ambition, sans la gêne, sans l'ostentation non plus, sans l'excès louche qui l'accompagne, sans rien d'autre qui raconterait une *revanche de pauvre.*

Il a monté sa première entreprise à vingt-quatre ans, une boîte de sous-traitance dans le domaine de l'entretien. Hakim emploie des femmes de ménage qu'il envoie nettoyer des bureaux de PME de banlieue. Et depuis peu, il a lancé une sandwicherie halal bio, le marché explose. L'argent, il n'en manque pas, ce qui lui donne une estime de lui supérieure à la moyenne.

Hannah s'est fait la réflexion dès le début : *Pour une fois que j'intéresse un Arabe...*

D'habitude, arrivés à un certain degré de réussite sociale, les garçons arabes se pavanent au bras d'une femme blanche comme preuve ultime et irréfutable de leur succès. Et parfois, ils ne se contentent pas de ça.

Ils racontent aussi qu'ils n'aiment pas les filles arabes, qu'ils ne les envisagent pas. Ils disent avoir l'impression de commettre un inceste. Ils racontent des sornettes du type *trop de familiarité ça tue le désir*. Mais ils n'épousent pas des filles noires pour autant. Ça, non !

À la ligue de l'intégration réussie, la femme blanche aux cheveux raides, c'est la cerise sur le gâteau. Et, de la femme blanche, ils acceptent ce que jamais ils ne toléreraient d'aucune fille arabe. Ce qu'ils refuseraient à leur sœur, ils le permettent d'avance à leur femme blanche. Elle peut être moins instruite, ne pas briller par son esprit, avoir un physique anodin, elle vaudra toujours dix points de plus à leurs yeux. Évidemment, ils invoqueront l'amour, le vrai, le pur. Comme si l'amour échappait au conditionnement.

La haine de soi, Hannah méprise les gens qui en souffrent. Elle ne leur trouve aucune excuse. Elle les juge sans miséricorde. Elle leur en veut. Elle se dit qu'ils sont en retard, qu'ils n'ont rien compris, qu'ils sont esclaves de la hiérarchie coloniale, qu'ils sont pires que les parents. Ils sont pires parce que les parents, eux, ils ne pouvaient pas savoir.

Les garçons arabes, ceux qui voudraient s'effacer, Hannah les voit comme des morceaux de sucre dans un café chaud.

Le pire, c'est qu'ils croient s'affranchir.

Hannah déteste par-dessus tout les gens qui se détestent. Les garçons arabes dans ce genre-là, elle les reconnaît tout de suite, et elle a parfois envie de leur dire : *Vous êtes cons. Vous nous faites perdre du temps. Vous êtes le pire obstacle à nos luttes.*

En tout cas, cette fois, et ça n'arrive pas souvent, Hannah intéresse un garçon arabe.

Hannah a essayé pourtant. Elle est même tombée amoureuse, une ou deux fois, il y a quelques années.

Une fois en particulier. Mais c'était perdu d'avance. Celui-là, il se sentait menacé. Hannah a toujours eu une forte personnalité. Lui, il avait peur qu'elle prenne sa place, il avait tout le temps la trouille d'être dominé, qu'elle le croque, qu'elle le mâche et qu'elle l'avale. Il s'est mis à vouloir la contrôler et elle à dire des choses dans le genre : *Écoute-moi bien ! Même mon père il m'interdit rien alors c'est pas toi qui vas m'interdire quoi que ce soit !* Et chaque fois elle finissait par se sentir idiote : *Papa n'a rien à faire là-dedans, putain, pourquoi est-ce que je me sens obligée de parler de lui ?*

Ce garçon s'appelait Sami et, à trente ans passés, il portait une casquette, été comme hiver. Dommage, parce que c'était un type drôle et créatif, qui n'avait pas reçu assez d'amour pour en donner convenablement. Ça s'était mal terminé entre eux, Hannah avait quitté Sami à contrecœur, elle en avait été triste longtemps, et puis, son chagrin avait fini par se dissiper.

Un jour, par hasard, elle a appris qu'il était mort dans un accident de la route.

Elle s'est souvenue de son rire, de sa façon de tenir le volant d'une seule main et de la première fois qu'il lui avait dit *je t'aime* devant l'UGC Rosny où ils avaient vu une comédie romantique avec Hilary Swank. Hannah se souvient que le film était nul à chier, et que tout le long elle avait été gênée par la mâchoire proéminente de l'actrice, mais, contre toute attente, Sami était sorti de là ému aux larmes, et en retournant à la voiture il l'avait prise par la taille et lui avait dit *je t'aime* droit dans les yeux. Elle n'avait rien su répondre et il s'était vexé. Lui, ça lui avait coûté, parce qu'il n'avait jamais dit ça à personne avant elle. Pour Hannah aussi c'était inédit, personne ne lui avait jamais adressé ces mots-là non plus. Le trajet du retour n'avait pas été simple, dans la Volkswagen Polo, noire, année 2004, comme si de rien n'était. Sami avait allumé la radio, il y avait la libre antenne de Skyrock, et des types parlaient crûment de sexe. C'était gênant mais moins que s'il s'agissait de sentiments.

Hakim, l'entrepreneur aux hanches pulpeuses, boit son café allongé, *moi, moi, moi*, et Hannah fait de son mieux pour rester concentrée. Son esprit s'évade tandis qu'elle regarde bouger ses grosses lèvres roses.

C'est un problème pour Hannah, elle se lasse des choses, des gens, et, dans la vie, s'ennuyer constamment n'est pas de tout repos. Ça vous oblige à tout réinventer en permanence. Pour elle, il faut que tout soit intense, tout le temps, sinon ça n'en vaut pas la peine.

Hakim parle de ses goûts musicaux, et elle parierait un million de dollars qu'il va dire : *J'adore la funk, j'écoute que ça.* Elle voudrait lui hurler au visage : *Putain mais surprends-moi ! Évidemment que t'adores la funk, t'es un banlieusard de quarante-trois ans d'origine marocaine.*

Elle a définitivement décroché à l'instant où il a répondu que son plus beau voyage avait été la Thaïlande. Pour l'originalité, on repassera. Pas besoin d'en dire plus, Hannah a déjà tout deviné dans les moindres détails.

Sans surprise, ils ont dû partir en équipe de cinq ou six types du quartier. C'était au début des années 2000, l'été 2001 pour être exacte, *ah la bonne époque*, juste avant le 11-Septembre, avant Ben Laden, et avant *Charlie*. Au moment où les Arabes avaient été à la mode, grâce à Zidane et à ses deux buts en finale de la Coupe du monde 1998, aux blagues de Jamel Debbouze et au JT de Rachid Arhab. C'était cool d'être *rebeu* à cette période.

Bref, ça a duré à peine trois ou quatre ans, et heureusement que Hakim et ses copains en avaient bien profité.

Ils étaient tous surexcités d'avoir choisi une destination si exotique. Hakim s'apprêtait à réaliser un rêve : passer des vacances ailleurs qu'au Maroc pour la première fois de sa vie, et, surtout, sans ses parents.

Avant le départ, il avait eu droit à un magnifique dégradé tondeuse chez Ali coiffure, un Turc surnommé *l'as du sabot 1*, Hakim avait même osé la décoloration blond poussin. Le jeune homme avait la parfaite panoplie du banlieusard de l'an 2000, *le millenium style* : tee-shirt Com8, fausses lunettes Cartier, parfum *Chrome* d'Azzaro, sacoche Lacoste, diam's à l'oreille, et chaîne en argent grains de café.

Il repensait souvent à ce séjour, c'était le summum de sa jeunesse, peut-être même de sa vie.

Il avait probablement acheté une cargaison de caleçons Versace au MBK Center de Bangkok, c'est vrai qu'à 100 bahts l'unité il avait fait une affaire.

Comment oublier ce match de boxe thaï auquel il avait assisté avec les potes, au Lumpini Stadium ? Quelle ambiance de feu ! Ça lui avait donné envie de s'intéresser à la discipline mais l'un de ses amis l'avait découragé : *Frère, wallah, t'as pas la condition physique pour ça. Le prends pas mal mais t'es sacrément dodu, t'as des seins mon frérot.*

Hakim avait renoncé à s'acheter ce short de boxe thaï satiné édition *black and gold*. De toute façon, ils n'en avaient plus en taille L.

Évidemment, il n'avait pas échappé non plus à la photo au Tiger Kingdom où on le voit nourrir au biberon un bébé tigre beaucoup trop docile pour ne pas être drogué.

Hakim était plus romantique qu'il en avait l'air, à vingt ans, c'était un vrai cœur d'artichaut. À Patong, il y avait cette fille aux joues roses, Sumalee, à l'anglais au moins aussi naze que celui de Hakim. Il la trouva gentille et douce, et son regard brun, il en rêve encore certains soirs. Il avait eu l'impression d'une complicité partagée, d'une histoire naissante, au-delà d'une simple prestation massage traditionnel option Happy Ending.

Après être allé au salon trois soirs de suite, et y avoir laissé plus de 2 500 bahts, l'un de ses amis, le même qui l'avait dissuadé de faire carrière dans le muay-thaï en raison de son surpoids, a essayé d'empêcher Hakim d'y retourner une quatrième fois : *Eh wallah frère c'est chaud, elle t'a fait une marabouterie asiatique ou quoi ? Fais belek, j'crois qu'tu tombes amoureux frère.*

Hakim avait laissé en Thaïlande ses meilleurs souvenirs, son pucelage et pas mal de billets. Pour les garçons comme lui, ce voyage, en pleine vingtaine, avait été un excellent rite initiatique.

La Thaïlande avait fait d'eux des hommes.

Si on considère qu'être un homme implique de porter des jeans slim bootcut qui épousent sensuellement la forme des hanches.

Tant pis pour Hannah.

Au moins, pour une fois, elle a intéressé un garçon arabe.

MARCHÉ DU BOULEVARD DE OUJDA
COMMUNE D'AHFIR
PROVINCE DE BERKANE
MAROC, 1959

Ça se passe au cœur de Souk Ahfir, boulevard de Oujda.

Au marché populaire, il y a déjà une foule de gens qui se bousculent. Les badauds s'agitent dans l'espoir de remplir de maigres provisions leurs paniers en osier.

Des femmes portent d'immenses plateaux sur leur tête, elles font la queue devant le four communal pour donner leurs pains à cuire. Une agréable odeur de galette chaude s'en échappe.

Les petits garçons aux mains noires cirent les chaussures des hommes qu'ils croient importants tandis que les poules apeurées qui battent des ailes dans des cages posées à même la terre se préparent à leur destin.

Il y a d'autres gosses, ils mendient.

Yamina traverse la foule en soutenant sa joue enflée de sa petite main et zigzague comme elle peut entre les coudes des passants.

Elle croise le regard d'une fillette à peine plus âgée qu'elle, qui est en train de faire la manche, Yamina la voit attraper les hommes par le bras, et tirer sur les djellabas des femmes, en leur marmonnant quelque chose d'une voix suppliante, mais elle est repoussée à chaque tentative. Les gens du marché l'ignorent, aucun d'entre eux ne s'arrête pour lui donner une pièce ou un bout de pain, pas même pour lui dire un mot gentil. Soit tout le monde est affamé, soit personne n'a de pitié !

Yamina a du chagrin pour la mendiante.

Même avec cette douleur à la dent qui lui donne le vertige, elle se dit que si elle avait ne serait-ce qu'une datte ou une carotte, elle la partagerait avec la fillette.

Faute de mieux, elle s'approche d'elle et lui caresse l'épaule avant de continuer sa route.

Yamina, elle, ne pourrait jamais tendre la main pour demander l'aumône. Son père préférerait voir ses gosses crever de faim plutôt que de les laisser quémander dans la rue.

Une rage de dents la fait souffrir depuis plusieurs jours. Il a fallu que ça devienne insupportable pour que Rahma se décide enfin à l'envoyer chez celui que l'on appelle *l'arracheur*.

Yamina a dix ans à peine.

L'homme, qui n'a aucun diplôme, pas la moindre compétence médicale, reçoit dans son cabinet improvisé au milieu de Souk Ahfir, dans une guitoune verte, entre l'échoppe du vendeur de savons et la tente du cordonnier. Il est connu pour pratiquer la *hijama*, médecine ancestrale de la tradition prophétique, et se charge aussi de circoncire les garçons du village.

L'arracheur vend même des poudres chimiques pour désinsectiser et dératiser les maisons. Yamina regarde les paquets entassés devant elle, et les dessins effrayants de rats aux yeux rouges.

L'homme acariâtre lui ordonne de s'asseoir sur le tabouret en bois et d'ouvrir la bouche. La fillette a à peine le temps de jeter un œil sur les outils. En vérité, il n'y a là qu'une petite pince de forgeron en métal, non stérilisée.

C'est pire que dans le pire des cauchemars.

L'homme lui arrache la dent violemment, ça fait un bruit atroce, Yamina ne pourra jamais l'oublier. La dent a continué de s'effriter, encore coincée dans la pince, sous la pression de la main de l'arracheur.

Yamina crie, sa tête va exploser, elle a du sang qui lui coule dans la gorge. Les voix, le bruit, la rumeur du marché qui rend fou, tout s'éteint peu à peu. La petite Yamina voit trouble, elle se sent partir. Jamais elle n'a connu une pareille douleur.

Il ne la laisse pas reprendre ses esprits, ne lui donne même pas un bout de tissu, ou un morceau de coton. Elle pleure, toute chancelante, et l'arracheur se contente de demander les sous qu'elle lui doit, avant de la renvoyer chez elle. Il lui dit : *Quand tu seras arrivée à la maison, rince-toi la bouche avec de l'eau salée*, tandis qu'il s'essuie les mains sur son pantalon en toile.

Yamina doit maintenant marcher sous un soleil de plomb pour rentrer chez elle, seule.

Elle souffrira régulièrement d'abcès et de migraines, jusqu'en 1973, pendant près de quatorze ans, sans que personne autour d'elle s'en préoccupe.

Un jour, devant un miroir de poche, désespérée, n'en pouvant plus d'avoir à supporter cette douleur, elle creusera elle-même sa gencive ensanglantée à l'aide d'une tige de vigne, et finira par en tirer un gros fragment noir. Le morceau de dent pourri oublié là par l'arracheur.

Yamina se réveille avant l'aube, comme chaque matin.

Elle possède une de ces horloges automatiques qui fait l'appel à la prière. Hannah l'a commandée sur alhidayah.fr. C'est une brave fille. Elle offre souvent des petits cadeaux de ce genre à sa mère, qui chaque fois la remercie d'un : *Il fallait pas, garde ton argent pour toi benti.*

Il y a le choix entre plus de mille villes dans le menu Réglages, Yamina a mis ses lunettes de presbyte, elle a d'abord cherché Aubervilliers sur la liste, en vain. Elle a fini par sélectionner Paris, par dépit. Elle a pu choisir ensuite l'option Mueddin, et opter pour son récitateur préféré : Abdul Rahman Al Sudais. Lorsqu'elle était abonnée à la chaîne Iqra, elle écoutait ses prêches à La Mecque tous les vendredis. Ses enfants la regardaient et ils savaient que ça n'allait pas tarder. Il y avait forcément un moment où Yamina se mettait à pleurer. Elle est pleine de foi, Yamina.

En secret, les enfants Taleb se cotisent pour qu'elle puisse faire le pèlerinage un jour.

Alors qu'elle se dirige sans bruit vers la salle de bains pour effectuer ses ablutions, elle se rappelle qu'elle a encore fait ce rêve cette nuit.

Toute jeune fille, elle porte son tablier d'écolière, elle descend péniblement la pente du village pour se rendre en classe, avec ses vieilles godasses et son cartable sur le dos. Le soleil perce les nuages et Yamina est heureuse. Elle aime l'école, c'est la meilleure élève des alentours. Le directeur la prend souvent en exemple. Yamina est brillante. Elle apprend vite. Mais alors qu'elle arrive devant le petit bâtiment, les portes se ferment devant elle. Elle ne peut pas entrer. Elle se met à hurler et à cogner. Elle crie. « Ouvrez-moi, je veux entrer ! Laissez-moi entrer à l'école ! Je veux étudier ! »

Son père apparaît, son visage pâle sous la grande capuche de sa djellaba marron, il fronce les sourcils et traîne sa petite fille par le bras pour la ramener à la maison.

Cela fait exactement cinquante-sept ans que Yamina a été obligée d'arrêter l'école pour aider ses parents à la ferme et pour élever ses frères et sœurs.

Sur ses six frères, cinq sont devenus professeurs, et un assureur.

Quant à Yamina, à plus de soixante-dix ans, elle se rêve encore avec un cartable sur le dos.

Il était temps de brandir les drapeaux.

La nouvelle est d'abord arrivée à Dar el Jeb'ha, la maison du front, puis s'est propagée dans toutes les maisons, comme un grand feu. L'Algérie était libre.

Yamina n'oubliera jamais cette effervescence. La rue entière qui dansait. Ces femmes qui défilaient en faisant des youyous et en scandant *Tahia el Djazaïr – Que vive l'Algérie*, tandis que leurs *hayeks* blancs valsaient dans la lumière de juillet.

Pour le défilé, la fillette portait une tenue aux couleurs du pays, confectionnée par Rahma : jupette verte, chemise blanche et cravate rouge. Yamina n'avait jamais vu sa mère dans un tel état d'euphorie. Elle embrassait son aînée sur la tête, sur les joues et les mains, débordante de joie et d'affection. C'était miraculeux, comme la libération d'un pays, comme la liesse d'un peuple qui se soulève.

D'ordinaire, Rahma était plutôt froide, voire inaccessible, verrouillée. Elle n'était pas très à l'aise avec le contact des corps, même ceux de ses propres enfants. Yamina ne lui en avait jamais voulu, elle avait bien compris que manifester ses sentiments n'était pas une évidence.

Les sentiments, c'est grand, ça demande de l'espace pour s'exprimer, et le problème, avec la guerre et la misère, c'est qu'elles prennent toute la place.

Tout comme sa mère, Yamina se retenait naturellement de déborder, ses émotions restaient coincées à l'intérieur de son jeune corps tendu. Le corps ne coopère pas toujours avec le cœur, même si le cœur brûle, exulte, le corps peut rester là, figé, inapte. Ils finissent parfois comme deux étrangers qui ne parlent pas la même langue. Avec l'appétit d'un enfant qui a manqué de tendresse, Yamina capturait cet instant unique et accueillait les gestes de sa mère avec délectation.

Rahma tenait dans ses bras sa dernière-née, qu'elle avait appelée Djamila en hommage à Djamila Bouhired, héroïne de la résistance algérienne, une femme qui serait un modèle éternel pour Yamina, une figure de courage et de dignité.

Entrée en résistance à l'âge de dix-neuf ans, Djamila a été la grande sœur libre dont rêvait Yamina.

Pour elle, à douze ans, impatiente de revoir son figuier, Djamila Bouhired n'était pas seulement un symbole du combat pour la liberté en Algérie, Djamila Bouhired *était* l'Algérie.

Bien des années plus tard, Yamina emportera avec elle en France une photo découpée dans le journal

Liberté, sur laquelle on pouvait voir la splendide Djamila, dans sa robe corolle blanche, à l'occasion d'une visite officielle en Égypte, serrant la main d'un président Abdel Nasser subjugué.

Le moment était venu pour Yamina de prendre des nouvelles de son arbre.

Omar n'a jamais été *ce genre* de frère.

Il n'a jamais fait la moindre remarque à ses sœurs. Ni sur leur façon de s'habiller, ni sur leurs fréquentations, ni sur l'heure à laquelle elles rentraient le soir. Il n'a jamais considéré qu'il avait quoi que ce soit à dire là-dessus. Surtout qu'elles étaient toutes plus âgées que lui. Imane, Hannah et Malika ont été trois petites mères pour Omar.

Il a vécu parmi les femmes.

Les sœurs d'Omar ont trois personnalités radicalement différentes. Pour exprimer ces écarts, leur père les appelle : *matin, midi et soir*. Ça fait rire Brahim. Il dit sans arrêt : *Ah mes filles, c'est comme les médicaments ! C'est matin, midi et soir !*

Quant à Omar, il réunissait tous les ingrédients de la caricature mais avait réussi à y échapper miraculeusement.

Le petit dernier, le chouchou, le fils prodigue, le bébé à sa maman. Tout était prévu pour faire d'Omar un tyran égocentrique. Bien qu'elle affirme le contraire,

83

depuis la naissance d'Omar, le cœur de Yamina s'est mis à pencher. Elle est capable de dire à Hannah : *Ma fille, lève-toi, c'est la place de ton frère.*

Dans la vie normale, ce n'est pas si simple de faire *sa* place.

Omar a été mal habitué.

Il est né sur un trône. Mais dehors, il ne sera jamais roi.

Omar ne s'est jamais brûlé les lèvres en buvant du lait chaud.

Sa mère a toujours pris soin de le faire tiédir en le transvasant d'un verre à un autre, jusqu'à ce qu'il soit à température parfaite. Elle trempe encore son petit doigt dedans pour en être sûre. Yamina le fait discrètement, à l'abri du regard de Hannah, plein de foudre.

Si sa fille la surprend en flagrant délit, elle se met dans tous ses états : *Wallah maman, que t'abuses, il a vingt-neuf ans quand même. C'est trop grave de faire ça. On va où, là ? Regarde-le ! Tu vois bien qu'il a de la barbe ! Laisse-le se débrouiller ! Même Kadhafi je suis sûre que personne ne lui a jamais soufflé sur son lait !*

Yamina songe alors à Kadhafi et à sa capture, à la manière dont il a été roué de coups, traîné au sol comme un chien à l'agonie, le visage tuméfié et ensanglanté, et ça la remplit de compassion. À l'époque, elle n'a pas été capable de regarder les images jusqu'au bout. Elle imaginait non seulement la douleur de Kadhafi, mais aussi et surtout, la douleur de la mère de Kadhafi. Personne ne pensait à cette pauvre femme et à ce qu'elle avait enduré, *meskina*.

Malika, l'aînée, observe le rapport entre sa mère et son frère avec distance : *À ce qu'il paraît, Amin Maalouf a écrit : la misogynie se transmet de mère en fille.*

Lorsque Malika cite des auteurs, elle ajoute chaque fois la formule : *à ce qu'il paraît*, qui affaiblit malheureusement la crédibilité de son propos malgré l'exactitude de la citation. Elle intellectualise tout. La plupart de ses théories se tiennent plutôt bien : *En donnant naissance à des fils, on reproduit nos propres expériences de femmes. On fait des différences selon le genre, on valorise davantage les garçons, on reproduit les diktats du patriarcat sans s'en rendre compte, parfois même plus férocement. Tu vois bien chez maman comme c'est naturel ! Elle a tout intériorisé. En fait, on fabrique nos propres monstres. Comme dans Frankenstein.*

Cette histoire de Frankenstein amuse Hannah : *Mais grave ! Omar c'est le Frankenstein de maman. Sur ma vie : Omarenstein !*

Elles rient ensemble au nez et à la barbe d'Omar.

Omar, les remarques de ses sœurs lui glissent dessus. Et comme ce n'est pas un type malhonnête, en réalité, il est plutôt d'accord avec les théories de Malika, d'Amin Maalouf et de quiconque dit vrai dans cette société merdique.

La subtilité de l'intériorisation de la misogynie échappe à Yamina : *Tout ça parce que j'ai soufflé sur son lait chaud ? Mon fils c'est pas un monstre. Bois mon fils. Les écoute pas.* Imane, détachée, lâche en haussant les sourcils : *Inch'Allah que j'ai pas d'enfants, si c'est pour faire des différences, c'est pas la peine !* Yamina refuse d'entendre ça : *Non, je ne fais pas la différence, mes enfants, c'est comme les doigts de ma main, je peux pas en couper un.*

Imane quitte la pièce, persuadée d'être l'auriculaire de Yamina, elle se sent comme ce doigt inutile.

C'est pourtant vrai que Yamina est capable de bouder son mari s'il n'a pas pensé à racheter les céréales pour le petit déjeuner d'Omar. Des Chocapic. Ses préférées. Sur les boîtes de Chocapic, on devrait ajouter, sous la date d'expiration, l'âge limite pour en manger.

Hannah est en état constant d'exaspération, et ce, depuis des années : *C'est bon maman ! Y a plus de céréales et après ? On va pas faire une minute de silence non plus !*

La dernière fois qu'on avait fait une minute de silence spontanée chez les Taleb, c'était le 6 octobre 2001, le *black day* des Franco-Algériens de la génération des enfants de Yamina.

Ce jour-là, un match amical avait dégénéré.

Après avoir sifflé *La Marseillaise*, des supporters avaient fini par envahir le terrain, ces quelques abrutis torse nu avaient gâché la fête dans la joie la plus absolue. C'est paradoxal de tout saboter sans violence, avec le sourire, juste parce qu'on est contents d'être là, d'exister enfin.

Brahim avait éteint la télévision au moment de l'intervention de Marie-George Buffet, ministre de la Jeunesse et des Sports, probablement le comble de la gêne. Omar se souvient qu'elle avait l'air d'une éducatrice spécialisée en train d'engueuler son groupe de réinsertion 14-16 ans. Elle a dû dire quelque chose du genre : *C'est pas sympa. Hé ho. Ça suffit. Allez, on se calme. Soyez gentils. Arrêtez ça les jeunes ou j'annule la sortie accrobranche.*

C'est tout juste si elle ne les a pas privés de Chocapic.

C'est vrai, Omar n'a jamais eu faim. Mais, Dieu sait par quel miracle, Yamina laisse toujours un quelque chose de côté, au cas où. Même lorsqu'il travaille de nuit, et qu'il rentre à l'aube, il trouve une assiette dans le frigo, recouverte de mille couches de Cellophane. Il y devine du poulet en sauce, de l'agneau confit ou un reste de lasagnes aux légumes. Il va manger dans sa chambre, et c'est un bonheur pur de tremper dans la sauce safranée du pain fait par les mains de sa mère (le meilleur *matlouh* au monde), à 5 heures du matin.

Pendant ce temps, couchée sur le flanc, dans la chambre au fond de l'appartement, Yamina, réveillée par on ne sait quel instinct, a déjà les yeux ouverts, dans le noir, depuis un bon moment.

Comme chaque fois, elle a suivi le parcours de son fils dans sa tête, a présumé de l'heure à laquelle il arrêterait l'application, fait le calcul approximatif du trajet de retour, s'est efforcée de ne pas penser aux poids lourds en excès de vitesse sur la A1, et a fini par compter ses pas depuis la Renault Talisman, qu'il gare toujours au même endroit, sous le lampadaire devant Chez Akfadou, la boucherie halal des Kabyles, juste en face de la rôtissoire à gaz (capacité trente-quatre poulets).

Yamina imagine sa mine épuisée. *Mon pauvre garçon, il travaille dur, quel enfant courageux.* Quand il fait doucement pénétrer la clef dans la serrure, le cœur de Yamina se relâche enfin, léger et soulagé qu'il ne soit rien arrivé à son fils. Chauffeur est un métier à risque, surtout pour une mère qui déborde d'imagination. Alors seulement, elle peut se rendormir, sereine et fière.

Elle a fait des progrès, puisqu'elle ne se lève plus pour lui ouvrir la porte et lui réchauffer son assiette. C'est un réel effort pour Yamina que d'avoir cédé à la demande d'Omar et de rester couchée.

C'est pareil pour un tas d'autres choses.

Elle nettoie ses chaussures, lui prépare des tisanes de thym à la moindre toux, range encore sa chambre et se retient de l'appeler au téléphone quand il a des clients dans sa voiture.

Omar a toujours des vêtements impeccablement repassés, et en enfilant sa chemise qui sent bon la lavande, il peut presque flotter dans les airs. Sa mère fait en sorte que la vie d'Omar soit douce, comme une publicité pour la lessive. Malheureusement, la vraie vie n'est pas une pub pour la lessive.

Dans la vraie vie, il y a des plis, de la sueur, des taches de crasse, et il faut y être préparé.

Yamina s'est accroupie au pied du figuier mort, elle est restée ainsi un instant, traversée par la mélancolie.

Son beau figuier ne bourgeonnerait plus.

La jeune fille de bientôt quatorze ans en paraît dix ou onze, tout au plus. Elle et ses frères ont été longtemps sous-alimentés. Elle pose ses frêles mains sur le tronc sec de l'arbre de son enfance.

Comment va-t-elle annoncer à sa mère que, cette fois, Sid Ahmed, l'épicier, a refusé catégoriquement de faire crédit ? *L'ardoise de ton père est trop chargée ! Il faut qu'il me paie d'abord ! Rentre chez toi !* L'homme a dit ça de sa voix grasse, devant les autres clients de l'épicerie. Yamina a baissé les yeux, elle a senti ses joues inondées de larmes. Elle a fait demi-tour, le cœur lourd et son panier désespérément vide. Maintenant, il lui faut trouver le courage de faire tous ces kilomètres à pied pour revenir à la maison.

C'est épuisant de rentrer vaincu.

Rahma attend sur le seuil, mains sur les hanches.

Alors ? Où sont les provisions ? Derrière elle, les autres enfants braillent de faim.

Le regard de Yamina est éloquent, elle rentre bredouille.

Rahma n'a pas l'idée de la consoler, elle ne mesure pas l'humiliation infligée par l'épicier. Elle est furieuse, et, après lui avoir jeté un regard sombre, elle arrache le panier des mains de Yamina : *C'est ta faute, tu ne sais pas parler ! Tu n'es bonne à rien ! Toujours à regarder par terre ! Qu'est-ce qu'on va faire maintenant ? Qui va nourrir tes frères ? Hein ? Et ton père ? Qu'est-ce qu'il va dire ?! Il va nous tuer !*

Le père Madouri est passé de héros de l'indépendance à champion de dominos. Il erre à la recherche d'un emploi de fortune. Il se débrouille. Sinon, il traîne au café, joue aux cartes et fume du mauvais tabac. Il est obsessionnel et contrarié, en permanence. Ses colères s'abattent sur Rahma si elle a le malheur de se plaindre.

Yamina déteste la violence de son père. Elle déteste s'interposer entre sa mère et lui, et prendre des raclées à cause de ça. Dans ces moments-là, elle ne reconnaît plus ses yeux qui d'ordinaire sont si doux. La guerre a volé la gentillesse et la sérénité du père Madouri.

Il n'y a pas de travail. Les terres sont arides. Les gens de la campagne ont tout perdu. Certains d'entre eux n'ont pas pu récupérer leurs terres, ils n'avaient même plus de nom. Il ne restait plus aucune trace d'eux.

Le retour au pays a été rude et la liberté cher payée.

LAV'STORY
14, RUE LETORT – PARIS (75018)
FRANCE, 2019

Imane aime bien traîner au Lavomatic, il est situé à l'angle de sa rue, et la plupart du temps il n'y a pas grand monde. Ça lui permet de rêvasser tranquille dans une atmosphère de linge humide.

Elle aime le nom de cette laverie : Lav'story. Le propriétaire est un Chinois d'une soixantaine d'années qui fronce les sourcils en permanence. Son humeur contraste avec ce nom. Le monsieur n'a pas l'air heureux. Il a la figure préoccupée. Son regard déborde de soucis. Il passe son temps à nettoyer les hublots des sèche-linge en marmonnant. Il y a comme un nuage noir au-dessus de sa petite tête portée par un cou fébrile.

Imane le regarde en pensant au film *Love Story*, et elle peut difficilement imaginer qu'un homme pareil aime ce genre de romance.

Avec sa grande sœur Malika, elles ont dû visionner la cassette une bonne centaine de fois. Secrètement, Imane était tombée follement amoureuse du héros, Oliver Barrett, étudiant à Harvard, joueur de hockey sur glace, riche et blanc. Pour sûr, elle n'avait jamais croisé un type de ce genre-là à Aubervilliers.

De toute façon, Oliver Barrett n'était pas le genre d'homme prévu pour s'asseoir sur le *sedari* du salon, chez Yamina et Brahim.

Oliver Barrett n'était pas le genre d'homme prévu pour Imane.

Chaque fois qu'elle rencontre un nouveau garçon, Imane réalise cette expérience. Elle l'imagine installé sur une des banquettes du salon marocain de sa mère. Elle a intitulé cet exercice : *le test du sedari*, et c'est saisissant. Jusqu'à présent, c'est un échec dans 99,9 % des cas. Aucun garçon n'y a sa place.

Que pourrait bien foutre un Oliver Barrett sur le *sedari* de la famille Taleb ? Que raconterait-il d'inté-ressant à Yamina ? Comment pourrait-il même espérer impressionner Brahim ?

Le test du *sedari* est impitoyable.

COMMUNE D'ARBOUZE
PROVINCE DE MSIRDA FOUAGA
ALGÉRIE, 1964

Ce fut le seul et unique acte de désobéissance de Yamina. Jusque-là, l'adolescente docile et réservée n'avait jamais causé aucun souci à ses parents. Après avoir été une enfant de la guerre et de l'exil, elle supportait maintenant la pauvreté, la faim et les trempes injustifiées.

À quinze ans, elle goûtait aux conséquences amères de la révolution, sans protester.

Yamina se remet à peine du choléra qui a touché les familles du village quelques semaines plus tôt. Elle ressemble à un squelette triste. On ne voit que ses grands yeux miel qui continuent d'éclairer, tant bien que mal, sa figure creusée.

Ce jour-là, celle que l'on surnomme *la vieille mère* passe dans les villages de la commune pour tatouer les jeunes filles. Rahma porte un tatouage sur le front et sur le menton depuis l'âge de treize ans, et il est temps pour sa fille d'être marquée à son tour. Cet héritage tribal se transmet aux femmes depuis des siècles, de génération en génération, et symbolise l'appartenance à la tribu. Dans la tradition berbère, le tatouage est aussi un rituel de passage, de l'enfance à l'âge adulte.

Mais Yamina n'est-elle pas née directement dans l'âge adulte ? La guerre ne l'a-t-elle pas privée de son enfance ? Ne s'est-elle pas déjà imprimée dans sa peau ?

Sa mère lui a demandé de préparer le pain pour l'arrivée de la tatoueuse. Yamina, d'abord résignée, transporte sa maigreur jusqu'à la cour, se préparant au sort qu'on lui réserve. Elle imagine comment la vieille mère va lui entailler la peau en dessinant le motif, probablement le même que celui porté par sa propre mère : une ligne entre les sourcils avec des petits traits en diagonale de part et d'autre, représentant la feuille de palmier, qui incarne *la mère protectrice*.

Bien sûr, il ne faudra pas bouger, pas crier, pas même gémir un peu. Il faudra être forte. Comme toujours.

Yamina sentira le sang chaud couler sur ses sourcils, puis le long de son nez parfait. Elle imagine les doigts de la tatoueuse enduits de charbon lui frotter l'entaille, elle peut déjà sentir la flambée sur son visage.

D'après les récits des femmes d'ici, après ça, on est différente, on appartient à l'histoire des siens, et, surtout, on est protégée. Elles racontent que cette pratique a une fonction magique, elles disent : *Quand le sang a coulé, le malheur est passé*.

Le cœur de Yamina ne croit pas à ces balivernes.

Si c'est la vérité, pourquoi toutes ces figures tatouées, tous ces dessins, tous ces motifs sur les minois griffés de ces femmes n'ont-ils pas empêché les malheurs passés de se produire ?

On croirait que c'est tout le contraire. On dirait plutôt qu'à cause de leurs superstitions elles ont attiré le mauvais sort.

Il fait une chaleur caniculaire qui lui tourne la tête un instant, et, cette fois, au lieu d'aller chercher la semoule dans le sac en toile comme prévu, de pétrir la pâte, comme prévu, et d'allumer les bûches dans le four en terre cuite, comme prévu, Yamina, dans un élan de folie, sort de la mechta par la porte arrière pour prendre la fuite.

Elle ôte son tablier, puis soulève sa robe et se met à courir et à dévaler les pentes à toute vitesse, sans se retourner une seule fois. Elle n'accepte pas ce tatouage, elle refuse d'être marquée à vie, c'est décidé, cette tradition s'arrêtera avec elle.

Yamina veut garder sa face intacte, telle que Dieu l'a faite.

La jeune fille désobéit délibérément pour la première fois de sa vie. Elle comprend immédiatement que refuser cette coutume lui coûtera cher, mais elle continue de galoper.

Yamina a couru longtemps à travers les crêtes rocheuses, parcourant peut-être une dizaine de kilomètres vers le sud, avant d'être stoppée par son propre corps, ce corps décharné et sans force qui n'est plus un allié.

Yamina tient à peine sur ses pattes, elle les sent trembler. Essoufflée, elle finit par s'accroupir en pleurant, là, sur le sol sec. Elle peut enfin laisser échapper un long sanglot retenu prisonnier dans sa gorge depuis des mois, voire des années.

Elle sait déjà que la furie de sa mère va s'abattre sur sa tête, elle sait que son père, en rentrant de l'écurie où il nettoie des sabots de chevaux à longueur de journée pour quelques sous, va la punir de cet affront, de la honte qu'elle aura portée sur leur maison et sur toute la famille en choisissant de s'enfuir.

Elle a peur.

Yamina essuie sa morve avec le revers de sa gandoura, et se relève, comme chaque fois, elle se redresse en murmurant : *Il y a déjà eu pire que ça, allez Nodhi.*

Elle reprend son souffle, et se met à marcher lentement en regardant le soleil qui va bientôt atteindre son zénith.

La vieille mère a probablement déjà repris sa route, maintenant. Yamina se prépare à sa punition, il faut qu'elle l'affronte la tête haute. Elle pense à son héroïne, Djamila Bouhired. Elle songe à son éclat de rire face au tribunal militaire du régime colonial français, à l'annonce de sa condamnation à mort. Un éclat de rire frondeur face à l'injustice.

Si seulement Yamina venait du ventre de cette femme, si Djamila avait été sa mère, elle n'aurait pas eu à fuir. Djamila, elle, chérit trop la liberté ; elle ne lui aurait pas fait une chose pareille, elle ne l'aurait pas obligée à se faire tatouer le front.

Le front de Yamina lui appartient, c'est son *front de libération personnel*, son combat, le premier.

Et elle le gagnera, quitte à se prendre une raclée et à se pisser dessus sous les coups de son père.

Yamina gardera son *front libre* jusqu'à la tombe.

La nuit a été longue.

Omar a mal à la nuque. Il ne peut plus regarder ses rétroviseurs latéraux sans grimacer.

Ce soir, il a pris une cliente à la gare Montparnasse et l'a déposée à Romainville. Il aurait voulu que cette course dure jusqu'à l'aube. On peut dire qu'ils ont fait connaissance puisqu'ils n'ont pas seulement parlé de la pluie et du beau temps, pas seulement du trafic, pas seulement des manifestations des Gilets jaunes. Mais *d'autre chose*.

Omar espère qu'elle ne remarque pas sa calvitie, il n'a pas pris le temps de se raser le crâne. Malheureusement, lorsque ses cheveux se mettent à repousser, c'est de façon anarchique, disparate, un peu çà et là, et on distingue une forme qui fait penser à l'une des criques autour de l'île du Frioul à Marseille. Omar y a passé des vacances l'année dernière, avec sa serviette de plage FC Barcelone, achetée au bled en 2012 à Tlemcen. Il se souvient que le vendeur aussi s'appelait Omar, qu'il était sympa, assez maigre avec une touffe

97

de poils bouclés pile au milieu du torse qu'il exhibait sans pudeur à travers sa chemise ouverte.

La jeune femme s'est présentée spontanément. Omar était intimidé, et lui demander son prénom lui aurait semblé intrusif.

Elle s'appelle Nadia. Ses paupières tombent un peu, ses yeux sont si noirs qu'on distingue à peine le contour de ses pupilles, elle a des sourcils parfaits, des joues rebondies, et rien de ce qui s'échappe de ses lèvres n'est superflu, rien. Omar sent un fourmillement dans sa poitrine chaque fois qu'elle rit. Ça ne lui est jamais arrivé. Jamais il n'a trouvé une fille si *spéciale*.

Nadia est plutôt bavarde, mais elle fait rarement la conversation aux chauffeurs de taxi. En général, ils s'écoutent parler et ils ont des phrases toutes faites piquées aux émissions qu'ils écoutent sur RMC.

Cet homme-là a quelque chose de séduisant dans sa manière de ne pas le savoir.

Nadia a tout de suite été touchée par sa timidité, par sa manière de baisser la tête et de plisser les yeux quand il sourit, par sa voix, par ses avant-bras et ses mains, c'est tout ce qu'elle peut voir de l'arrière de la voiture. *Il est dix fois mieux en vrai qu'en photo*, c'est ce qu'elle s'est dit en regardant le profil chauffeur.

Il n'a pas l'air idiot, c'est un garçon cultivé et intelligent. Nadia s'est même surprise à lui demander : *Comment ça se fait que vous êtes chauffeur VTC ?* Elle a senti qu'il n'était pas à sa place derrière ce volant. Omar, elle a lu son nom sur l'application, a répondu : *Je fais ça mais c'est temporaire.*

98

Il met les warnings rue Gabriel-Husson, le passage est étroit, il y a des travaux partout. Les grues poussent comme des monstres sans bras à Romainville. Omar aide Nadia à sortir sa valise du coffre, il lui souhaite une bonne soirée et une bonne continuation. Il hésite un peu, sent son cœur frapper dans sa poitrine, et, sans se l'expliquer, il fait preuve de courage. Ça n'arrive pas souvent, Omar n'est pas quelqu'un de courageux. Il regarde dans les yeux noirs de Nadia et lui dit : *Je sais pas si ça se fait ou pas mais j'aimerais bien qu'on garde contact.* La jeune femme sourit et lui répond : *D'accord,* comme si c'était la chose la plus évidente au monde. Elle lui donne son pseudo Facebook, et ils se quittent.

Il faut qu'Omar se bouge le cul et crée un profil Facebook. Il n'en a jamais eu l'utilité avant ce soir.

Il pense à Nadia avant de s'endormir, puis le lendemain matin au réveil. Très vite, il se dit qu'elle a peut-être accepté sa proposition par politesse, pourquoi une fille dans son genre s'intéresserait à lui ? Les vieux complexes d'Omar remontent à la surface comme un cadavre jeté à l'eau par l'assassin dans la précipitation. *Elle n'a probablement pas osé refuser,* ils ont passé un bon moment, et elle n'a pas voulu le mettre dans l'embarras. *C'est une fille bien élevée.*

Il a été gêné d'y penser si tôt, mais il s'est dit : *Dommage, elle plairait bien à maman.*

Omar a vu juste, c'est le genre de fille qui plairait à Yamina, même si elle n'est pas blonde, qu'elle n'a pas la peau très blanche et qu'elle n'a pas non plus les yeux bleus.

Ce garçon romantique, embarrassé par un excès de timidité, peine à trouver sa place dans le monde.

La spécialité d'Omar est d'être le *best friend*. Le meilleur ami, le confident, celui sur qui on peut compter, désexualisé malgré lui. Ça a toujours été comme ça, au moins depuis le lycée. Il tombe amoureux d'une fille, souvent trop vite, souvent pour peu de chose. Il suffit qu'elle soit gentille avec lui, qu'elle lui sourie ou le regarde simplement dans les yeux. C'est tout. Omar Taleb a une facilité assez spectaculaire à entrer en amour.

Il entretient des liens amicaux qu'il espère transformer avec le temps, mais chaque fois ça ne se transforme en rien d'autre qu'en fiasco.

La fille finit par lui demander des conseils pour aborder *un autre garçon*, souvent plus séduisant, plus brutal ou plus mystérieux, en tout cas, il a forcément quelque chose de plus qu'Omar.

En général, la fille tombe sur un abruti qui n'est intéressé que par son corps de fille, même pas tout à fait abouti, l'abruti pourrait échanger ce corps pour un autre corps, le type se fiche d'elle et de ce qu'elle ressent, son corps et c'est tout, ce corps qu'Omar, lui, ose à peine regarder, il est déjà plein de respect et de pudeur à dix-sept ans et, gentil comme il est, Omar écoute et encourage la fille, sans jamais rien révéler de ses sentiments. Il ne fait aucune prophétie pour ne pas la blesser même s'il sait qu'elle va droit dans le mur. Il connaît par cœur l'issue de l'affaire. Et ça ne loupe jamais. Une fois que l'autre garçon l'a trompée, quittée et malmenée, la fille revient pleurer *amicalement* sur le torse rassurant d'Omar et, gentil comme il est, il prend sur lui pour la consoler sans même tenter de profiter de la situation. Il sait trouver les mots justes. Il a toujours eu le souci de réparer les cœurs blessés, si bien qu'il en a oublié le sien, de cœur. Lorsque la fille dit : *T'es trop gentil Omar, t'es vraiment un ami*, Omar s'en contente.

Il est à côté de son temps.

C'est un garçon arabe qui ne se conforme pas à ce que le monde attend de lui : c'est-à-dire devenir un homme dominant, physique, brutal, conquérant, viril et, si possible, fourbe, voire dangereux.

Il faut qu'Omar invente sa propre façon d'être un homme.

D'après ce qu'il a pu observer, les vrais hommes ne disent pas *je t'aime*. Pour eux, dire je t'aime n'est rien d'autre qu'une manifestation dégoûtante de faiblesse.

Dans les westerns que son père regarde à la télévision, des tas d'images banales se succèdent. Il y a toujours un moment dans le film où le cow-boy attrape une femme, n'importe laquelle. Il la prend par le bras et la tient assez fermement. Soudain, bien planté devant elle, en la regardant droit dans les yeux, il décide de la plaquer brutalement contre lui. Il fait ça de façon virile, presque animale. D'ailleurs, il grogne un peu, comme le ferait un ours mal léché ou un CRS.

Parfois, la fille se débat, elle respire fort et dit à voix basse : *Johnny nooo, please, nooo*. Elle chuchote, c'est à peine audible, et, de toute manière, Johnny se fout de ce qu'elle raconte, Johnny, comme tous les cow-boys, confond le *Non* avec le *Oui*.

C'est clair qu'elle ne passe pas un super moment à l'étage de ce saloon du Nouveau-Mexique. Elle tente de se dégager de l'emprise du cow-boy et se demande depuis combien de jours il n'a pas pris de douche. Car le cow-boy pue. D'ailleurs, est-ce que quelqu'un sait pourquoi les cow-boys prennent des douches tout habillés ? Ils se baignent dans une sorte de grenouillère pour adulte en coton dégueulasse et font trempette dans un baril en bois posé au milieu du salon, sans savon, sans gant de crin, sans gel douche, et ce, je répète, TOUT HABILLÉS.

Comment ces gens ont-ils réussi à opérer un génocide sur des millions d'Indiens et à inventer Hollywood ?

La fille, à force de gigoter pour se dégager des bras musclés de Johnny, finit par défaire sa coiffure, et ses cheveux lui tombent un peu sur le visage, ce qui la rend encore plus belle aux yeux du cow-boy.

Visiblement, personne n'a abordé la question du consentement. Depuis le début, elle n'a pas l'air partante du tout, si on s'en tient à son *body language*, elle semble même vouloir s'échapper, mais lui, le cow-boy, il s'en bat clairement les couilles de savoir si elle est consentante ou non. Il la secoue encore un peu, puis l'attire à ses lèvres. Il faut préciser qu'il n'a pas tellement de lèvres, c'est un cow-boy blanc sans lèvres, mais avec un chapeau d'enfer. Il embrasse mal, ça se voit.

La fille, elle, ne résiste plus. On se demande comment l'affaire va se poursuivre. Mais, CUT. Subitement, écran noir, sans transition, on est… le lendemain matin, dans une chambre au confort rudimentaire, une croix au mur, un pot de chambre et un air d'harmonica. La fille est en arrière-plan, floue, couchée, de dos, sous le drap.

Voilà.

Pas plus d'informations que ça, on ne sait même pas si elle est vivante ou morte. Quant au cow-boy, il enfile ses bottes en fumant une cigarette roulée et sort de la pièce sans se retourner. Pas de *salam*, pas de merci, rien de tout ça.

C'est évident qu'en matière de virilité Omar a encore des progrès à faire.

À Porsay plage, il y a quelques années, son cousin Youcef avait pris un air sérieux en s'allongeant de tout son long sur la serviette FC Barcelone d'Omar, tandis qu'Omar lui-même, le propriétaire de cette serviette, se brûlait les cuisses sur le sable chaud. Youcef s'apprêtait à lui faire une sacrée leçon de séduction.

Cet été-là, il lui a appris qu'il fallait draguer des filles mal fagotées, ou un peu grosses. Il a dit à Omar : *Fais-toi la main, c'est elles les mieux, il y a a 100 % de chances qu'elles acceptent de sortir avec toi, et en plus, après, elles développent de la gratitude parce que tu les as choisies. Elles seront dévouées et amoureuses. Tu feras ce que tu voudras d'elles.*

Omar trouvait ça un peu rude. Le cousin montrait à Omar des filles du doigt, pour illustrer sa théorie de B.B. (*Beauf du Bled*, c'est comme ça que Hannah l'avait surnommé).

Malheureusement pour Omar, appliquer cette leçon n'a pas payé. Non seulement il est sorti avec des filles qui ne lui plaisaient pas, mais, en plus, c'est elles qui l'ont malmené, et ça, c'était le pire de tout.

Être humilié par des moches ne l'a pas aidé à prendre confiance en lui. Au contraire.

Et dire qu'à cette époque Omar avait encore des cheveux.

COMMUNE D'AÏN KIHAL
WILAYA D'AÏN TÉMOUCHENT
ALGÉRIE, 1967

Yamina a dix-huit ans.

C'est une très jolie jeune femme.
Elle ne le sait pas.
Elle ne se regarde pas dans le miroir. Elle n'a pas idée de la puissance de son regard miel qui dégage un mélange de force et de tristesse. Elle n'a pas conscience de la délicatesse bouleversante de ses gestes, de l'incroyable épaisseur de ses cils, de l'éclat de ses joues, ou de la beauté de ses cheveux bruns et frisés, constamment emmêlés dans son foulard vert.

De toute façon, il n'y a pas de miroir. S'il y en avait un, elle aurait trop à faire pour accorder du temps à son reflet.
Yamina est une grâce ignorée.

À la vieille ferme, au cœur de la campagne d'Aïn Kihal, vivent une dizaine de familles. Les pères, tous d'anciens combattants, ont hérité de plusieurs hectares de terres quelques années après l'indépendance.

105

(C'est le cas de ceux qui ont réussi à justifier de leur rôle dans la guerre de Libération.)

Et Dieu sait que les plus méritants ne sont pas nécessairement les mieux lotis. Enfin…

Ces moudjahidin reconvertis dans l'agriculture se divisent le travail et les récoltes. Ils font de leur mieux pour sortir leur famille de la pauvreté, dans un esprit communiste et joyeux. Mohamed Madouri est fier d'exposer sa carte d'ancien combattant, même s'il est tout à fait incapable de lire ce qui y est inscrit.

Bien qu'analphabète, le père de Yamina est un orateur doué. Il a été choisi par les autres camarades pour les représenter auprès du syndicat régional des agriculteurs.

La vie est moins rude désormais, la famille Madouri n'a plus faim.

*

Du premier chant du coq jusqu'à la dernière prière du soir, ça ne cesse pas de s'agiter à la ferme.

Le matin, Yamina s'occupe de nourrir les animaux, de faire le ménage, de préparer ses jeunes frères et sœurs pour l'école, et enfin de les accompagner jusqu'au tracteur du généreux monsieur Teyeb.

À cette époque, il possédait un de ces monstrueux Massey Ferguson de couleur orange, avec sa remorque rouillée dans laquelle s'entassaient tous les gamins de la vieille ferme pour parcourir les cinq kilomètres qui les séparaient de la ville.

Monsieur Teyeb n'a jamais eu d'enfant, mais il accompagne tous les autres à l'école.

Chaque matin, quelle que soit la météo, il se réveille à l'aube, prie, boit un thé, enfile ses grandes bottes en caoutchouc, démarre son engin et aide les gosses à grimper, un par un. Certains d'entre eux chancellent encore de sommeil, c'est à peine s'ils ont eu le temps de se nettoyer les yeux avec leur salive.

Lorsqu'il fait trop froid, le brave monsieur Teyeb leur prépare un tapis de paille à l'intérieur de la remorque. Ce n'est pas bien différent que de charger ses moutons. Il faut bien se débrouiller.

Les petits se tiennent assis ou accroupis, ils se collent les uns aux autres, se superposent pour se tenir chaud. Les premiers installés, les plus malins, s'accoudent aux sacs de blé calés dans le fond. Car ce trajet, c'est aussi l'occasion pour certains fermiers d'envoyer monsieur Teyeb au moulin.

Sur la route, il leur fait répéter les chants patriotiques de peur qu'un jour ces gamins n'oublient toutes les luttes de leurs pères. Et en hiver, chanter *Min Djibalina* les aide aussi à réchauffer leurs pauvres corps crispés.

De nos montagnes a résonné le chant des hommes libres nous appelant à l'Indépendance

Nous appelant à l'Indépendance, l'Indépendance de notre patrie.

Notre sacrifice pour la patrie est plus important que la vie.

Je sacrifie ma vie et ma propriété pour toi.

Ô mon pays, ô mon pays, je n'aime que toi.

Mon cœur a oublié le monde et s'est perdu dans ton amour.

Tout en toi grandit, ton amour est végétal.

Puisse-t-il arriver un jour où la vie sera joyeuse.

Nous défendons de nos âmes chaque foulée sur ton sol.

Nous sommes les fils des lions, laisse-nous donc nous occuper de tes ennemis.

Tu as dans l'Histoire un rang rayonnant au-dessus de tes hauteurs.

Tu as des paysages grandioses qui ne cessent d'acclamer ta beauté.

Nous sommes le mur qui t'entoure et les montagnes stables.

Nous sommes les fils de l'Algérie,
Peuple résolu et résistant.

Il faut être sacrément bien accroché pour ne pas passer par-dessus la remorque ni venir s'écraser dans les cactus longeant la route, d'ailleurs peut-on vraiment appeler cela une route ? Tout juste une piste boueuse quasiment impraticable.

Peut-être que certains des gamins, les plus téméraires, ceux qui auront le courage de ne pas abandonner l'école, réussiront à transcender leur condition de fils de fermiers. Qui sait ? Monsieur Teyeb, lui, y croit dur comme fer. C'est cet espoir qui le pousse à faire démarrer son tracteur tous les matins.

Monsieur Teyeb se plaît à imaginer qu'il y a à bord de son cher Massey Ferguson un futur pilote d'avion. Piloter un avion, ça, c'est fascinant. Pouvoir percer le ciel, c'est quand même autre chose que de zigzaguer dans les champs en tracteur. Lorsqu'il voit un avion de ligne passer à travers les nuages au-dessus de sa tête, il reste planté là un bref instant, au milieu de son lopin de terre, à rêvasser un peu sous cet oiseau de ferraille, avant de reprendre sa besogne.

Le Massey Ferguson et le brave homme qui le conduisait ont permis à des enfants d'étudier, de devenir professeurs ou agents d'assurances. D'autres ont renoncé et ont fini par rejoindre leurs pères dans les champs. Mais tous gardent en mémoire monsieur Teyeb, son vieux bonnet en laine couvert de bouloches et les chants patriotiques qu'ils entonnaient en chœur de bon matin dans la brume.

Yamina passe le reste de la journée à coudre, voilà ce qu'elle fait de son temps *libre* désormais.

Son père a récupéré pour elle une vieille machine mécanique du début du siècle, de la marque Singer, trouvée dans une propriété abandonnée par une famille de pieds-noirs ; comme un butin futile, Mohamed Madouri l'a apportée à sa fille en espérant qu'on pourrait en tirer quelque chose.

Yamina confectionne des robes et des jupons pour les dames. Elle a aussi appris le tricot à l'aide d'aiguilles improvisées. Elle s'est d'abord servie de plumes de volailles puis plus tard de deux rayons en fer récupérés sur une vieille roue de vélo abandonnée au milieu de la décharge.

Elle est douée et précise, et passe des heures sur sa machine, le pied sur la pédale, les yeux plissés, concentrée sur son œuvre.

Grâce à son travail, après la saison des mariages, elle a réussi à mettre des centaines de dinars de côté, et c'est extraordinaire, mais elle ne peut s'empêcher de penser au Massey Ferguson de monsieur Teyeb qui conduit ses frères vers un avenir prometteur. Elle donnerait tout pour s'accroupir dans ce tracteur, quitte à se plier le dos, quitte à être transportée comme une chèvre. Elle donnerait tout pour avoir la chance d'aller à l'école à nouveau. Yamina donnerait tout pour s'asseoir dans une classe un jour de plus, pour entendre la craie crisser sur le tableau noir, pour réciter de la poésie, c'est ce qu'elle préférait, elle donnerait tout pour écrire encore à la plume et s'étourdir en reniflant l'encrier.

Un jour, elle a fini par se résoudre à se séparer de son petit tablier d'écolière qu'elle avait gardé secrètement pendant des années dans le fond d'un buffet. Elle l'a découpé en morceaux pour en faire des chiffons à poussière.

Yamina est admirative de toute création divine, mais elle est gênée quand le clébard diabétique et à moitié aveugle de la voisine se frotte à elle dans l'ascenseur de l'immeuble. Elle ose à peine le dire et doit trouver toutes sortes de stratagèmes pour éviter le chien.

Hannah, ça la rend furieuse. *Pourquoi les Français veulent nous forcer à aimer leurs klebs ? Comme si être amateur de chien faisait de vous un meilleur patriote. Aimer les chiens, ça ne prouve rien. Et ne pas les aimer, ça ne prouve rien non plus.*

Yamina sait que certains maîtres dorment avec leur chien, se font lécher la poire, gravent des colliers à leur nom et leur achètent des manteaux avec des pompons, ils les promènent par tous les temps ; et ce, à n'importe quelle heure du jour et de la nuit. Yamina ne les comprend pas toujours mais elle accepte simplement que *c'est leur façon de vivre.* Elle les trouve plus dévoués envers leurs clébards qu'envers leur propre famille.

Après tout, s'ils préfèrent s'occuper de leurs chiens pendant que leurs parents séniles errent dans les couloirs d'une maison de retraite en pyjama trop ample, libre à eux.

Yamina veut éviter le contact physique avec les chiens, c'est tout. Pas de quoi en faire une histoire. *Ce n'est pas le genre de Yamina de faire des histoires, de toute façon.*

Elle a bien côtoyé des chiens en Algérie. Normal, elle a été fille de fermier. Ses chiens se sont tous appelés *Bobby*, tous, sans exception. Tous les chiens s'appellent Bobby en Algérie, et aucun n'a le moindre problème d'identité. Les Bobby ne se confondent pas entre eux, ils n'en veulent pas à leurs maîtres, n'ont pas de marque de croquettes favorite, ni d'intolérance au gluten. *Fils de chien* est d'ailleurs une insulte répandue au pays. Aucun lobby canin n'a jamais fait de procès à personne à ce sujet.

En Algérie, un chien sait exactement ce qu'il a à faire : ramener les brebis égarées au centre du troupeau.

Aux yeux de Yamina, se retrouver dans un F3, en HLM, chauffage au sol, lino jauni, ce n'est pas un destin acceptable pour un chien. Au moins, ses Bobby à elle pouvaient courir dans les plaines et déféquer où bon leur semblait, ils n'étaient pas obligés de sautiller et d'aboyer pour que leurs maîtres daignent se lever du lit et les emmènent pisser.

Yamina doit reculer d'un pas sur le palier pour empêcher que le chien de la voisine ne lui renifle le derrière.

112

La réaction de la voisine est toujours la même : *Il va pas vous manger, n'ayez pas peur. Il est gentil. Hein Kaiser que t'es gentil ? C'est un gentil chien ça, hein ? Gentil garçon à sa mémère...* La voisine dit ça en riant, d'un air sadique qu'elle masque à peine, elle laisse presque faire le chien, ne tire pas vraiment sur la laisse. *Il va pas vous mordre, il vous fera pas de mal, faut pas avoir peur*, dit-elle en caressant son toutou, ce qui contribue à diffuser davantage son odeur infecte. Yamina en a des haut-le-cœur. Elle retient discrètement sa respiration. La voisine pense que son beagle anglais effraie Yamina. Elle croit qu'elle sait quelque chose de ses peurs. Si seulement elle pouvait imaginer tout ce que cette femme a affronté. *En vérité, c'est Kaiser qui devrait craindre Yamina et reculer d'un pas à son passage.*

Yamina sourit aimablement en secouant le bas de sa djellaba, puis elle a un regard pour le chien et pense à la manière dont a été traité son premier Bobby. Elle a envie de dire à Kaiser : *Tu n'as pas idée de la chance que tu as !*

Si Yamina évite Kaiser, c'est simplement qu'elle prie. Et pour prier, il faut être en état de pureté. Il faut effectuer l'*odho*, les ablutions rituelles. Le contact d'un chien annule cet état de pureté, et il faut refaire ses ablutions. Yamina aimerait bien pouvoir expliquer ça à la voisine. Ce n'est pas bien compliqué. Après tout, Yamina porte un voile, elle est musulmane, ce n'est un secret pour personne.

Contrairement à ce qu'on répète partout, il n'y a rien de suspect, rien de louche là-dedans. Elle pourrait très bien lui dire qu'elle n'a pas la frousse d'être mordue, qu'elle n'a rien de personnel contre Kaiser, elle pourrait lui dire simplement cette chose-là : *J'aimerais rester en état de prier, je vous demande poliment de respecter mes croyances et de tenir la laisse de votre chien à mon passage.* Il suffirait d'une fois, d'une seule explication dans une considération mutuelle, et cette scène embarrassante pour Yamina, pour la voisine, comme pour le chien, ne se reproduirait plus.

D'ailleurs, Yamina pourrait, juste, ne pas avoir envie que le chien l'approche, sans autre justification. Elle en aurait le droit.

Ça pourrait être tellement simple.

Mais quelque chose empêche Yamina d'avoir ce dialogue avec cette femme qui habite l'immeuble depuis au moins dix ans. Cette femme à qui Yamina tient la porte, dit : *Bonjour, comment ça va, madame ?,* envers qui elle se montre toujours agréable, cette femme chez qui elle envoie Omar avec une assiette de *msemen* ou de *crêpes mille trous.* Yamina adore partager ce qu'elle prépare avec ses voisins.

Eux se régalent et lui rendent ses assiettes vides, parfois après des semaines, parfois ils ne les rendent même pas. Rendre une assiette vide, pour Yamina, c'est honteux, c'est un manque de savoir-vivre. Chez les Taleb, on est généreux, on partage, et, comme dans des tas de familles, cette coutume est transmise de génération en génération : *On rend toujours les assiettes avec un petit quelque chose.* Les voisins l'ignorent, et elle ne leur en tient pas rigueur. Résultat, Yamina a des services incomplets, ce qui l'oblige à racheter régulièrement des assiettes chez Nina Bazar, le magasin des Marocains sur la nationale 2, entre les

Quatre-Chemins et le Fort d'Aubervilliers, tout près du cimetière juif. C'est un temple de la vaisselle. On y trouve aussi des épices, des rideaux, des chapelets, du musc blanc, des lustres, du shampooing et des packs de lessive Ariel.

Yamina, qui est pourtant de nature optimiste, qui ne voit le mal nulle part, sent bien, et c'est regrettable, que l'atmosphère change. Différente des années 1980, quand elle était en pleine trentaine, que ses enfants étaient petits, que les institutrices de l'école lui demandaient avec bienveillance de traduire les autres mamans. Peut-être que les choses étaient simplement moins flagrantes. Yamina a tendance à embellir ses souvenirs.

Yamina sent que, aujourd'hui, on ne peut plus tellement dire *qui on est*.

Qui on est est devenu trop risqué.

Elle s'inquiète pour ses enfants, pour tous les enfants dans leur genre. Elle demande à Omar de couper la télévision quand il met la chaîne d'informations en continu. Ça la rend malade.

D'ailleurs, par principe, elle refuse de prononcer le nom des éditorialistes et autres polémistes islamophobes à qui on donne la parole pour beugler leur haine la bave aux lèvres. Elle préfère leur attribuer des sobriquets tels que *Woujah el kelb* («Figure de chien»), *Aawouj el foum* («Bouche tordue»), ou encore *Seum al aalam* («Venin du monde»).

Elle les appelle comme ça, et les enfants rient, ils adorent, ça dédramatise un peu la situation, on en oublierait presque la violence des mots qu'on vient

115

d'entendre. Yamina dit calmement à ses gosses aux-quels on essaie d'enlever toute légitimité : *Je ne sais pas pourquoi vous vous énervez comme ça. Moi, je m'en fiche, même s'ils veulent m'arracher mon fou-lard, ils n'arriveront jamais à arracher mon cœur, et dommage pour eux, ma foi est dedans !*

La voisine écoute probablement les discours de Figure de chien, Bouche tordue et Venin du monde, elle aussi. Et Hannah n'a pas la patience de Yamina ; le ton sec, elle lui dit simplement : *Tenez votre chien là s'il vous plaît, je veux pas qu'il s'approche de moi.* Elle dit à ses sœurs : *Ils sont chiants, depuis le temps qu'on est là, on a bien appris à vivre avec eux, pour-quoi c'est toujours à nous de faire les efforts ? C'est bon maintenant, chacun son tour ! Je suis pas là pour les rassurer, s'ils sont trop cons pour pas se rendre compte qu'on est des êtres humains, c'est pas de ma faute. Eux et nous, des fois, on dirait une greffe d'or-gane qui prend pas.*

Yamina croit apaiser sa fille en lui répondant : *C'est comme ça benti, on doit accepter, on est comme leurs invités, on est chez eux.* Ça fout Hannah à bout, ce genre de discours : *Non, on n'est pas chez eux maman ! On n'est pas des « invités » ! T'as reçu un carton d'in-vitation, toi ? Moi non ! Ça suffit, ça fait trente-cinq ans que j'entends ça ! Nous, on est chez nous ! On est nés ici ! Et si on est arrivés là, c'est pas par pure coïncidence !*

Au train où vont les choses pour eux dans ce pays, Hannah n'a pas de mal à imaginer que, un jour, c'est son Arabe qu'il faudra mettre en laisse, et que s'il ne se tient pas suffisamment à distance, quelqu'un se verra obligé de dire : *Il va pas vous manger, n'ayez pas peur. Il est gentil. Hein Karim que t'es gentil ? C'est un gentil Arabe ça, hein ? Gentil Arabe à sa mémère...*

Yamina la supplie constamment de ne pas faire de scandale. Malgré sa grande gueule, Hannah est une fille obéissante. Sinon, il y a belle lurette qu'elle aurait foutu un gros coup de pompe au chien de la voisine.

« Chaque génération doit, dans une relative opacité, découvrir sa mission, la remplir ou la trahir. »

Frantz Fanon, *Les Damnés de la Terre.*

COMMUNE D'AÏN KIHAL
WILAYA D'AÏN TÉMOUCHENT
ALGÉRIE, 1978

Yamina eut la sensation que l'Algérie perdait un père.

C'était le mois de décembre, et elle finissait de tricoter une commande d'une douzaine de cols roulés et de paires de chaussettes montantes qu'on enverrait à des cousins travailleurs immigrés à Grenoble. Tout le monde sait bien que l'hiver est plus rude en France. Il arrivait à Yamina de penser à ces hommes lorsqu'elle devait dégivrer le congélateur. Elle n'avait jamais vu la neige.

Mohamed Madouri répétait en boucle : *Jamais aucun autre président n'aura l'envergure de Boumediene.* Était-ce vraiment un homme bon et juste ? Un patriote qui voulait bâtir un destin pour son pays fraîchement libre ? Ces questions ne se posaient pas dans la famille. Boumediene était apparu comme un sauveur, et cela suffisait à ne rien remettre en question.

En tout cas, Yamina croyait son père et ses frères, admirait cet homme au regard dur. Elle ne savait rien de la guerre fratricide qui avait eu lieu, elle imaginait encore moins que l'Algérie vivrait longtemps sous ce ciel fratricide.

Malika, qui est pourtant l'aînée de la fratrie, est celle qu'on remarque le moins. Elle n'a jamais fait de vague. À chaque réunion parents/profs, on disait d'elle : *Ah, si seulement on n'avait que des élèves comme Malika, ce serait le paradis dans la classe.* Elle avait constamment le nez fourré dans un livre. Elle avait longtemps cru au mérite, elle aussi.

Elle ne sort de la maison que pour aller travailler, assister à une conférence ou voir une expo. C'est elle qui prend le moins de place dans l'armoire de l'appartement familial, achetée en 1994 en dix fois sans frais, parce qu'elle estime qu'avoir trop de vêtements, c'est inutile. De toute façon, quand on fait une taille 46/48, ce n'est pas si simple de s'habiller. Et puis, elle n'aime pas la superficialité. Malgré tous les efforts d'Imane, elle refuse de se teindre les cheveux. Malika a maintenant pas loin des quarante ans et pas mal de cheveux blancs. Ça lui plaît assez, en vérité. Elle se sent la digne héritière de sa mère.

Parfois, elle s'occupe des cheveux de Yamina à la maison. Installées devant un feuilleton américain sur TMC, le samedi après-midi, tandis que dehors des adolescents imprudents font de la moto sans casque, accélérant sur la roue arrière de l'engin, ça fait un bruit infernal. Malika soupire : *Et quand y aura un accident grave, faudra pas venir pleurer ! C'est encore leurs mères qui vont souffrir !* Yamina secoue la tête : *Dieu les préserve, ils ne se rendent pas compte.* Malika se montre moins clémente : *Comment ça ils se rendent pas compte ? Après ça va faire des cagnottes Leetchi en mode RIP Mamadou, un frère parti trop tôt.* Yamina se demande souvent *pourquoi les enfants de pauvres se comportent si dangereusement.*

Malika aime passer des moments avec sa mère, elle lui consacre une bonne partie de son temps libre. Depuis qu'elle a eu son poste d'agent d'état civil à la mairie de Bobigny, c'est la nouvelle fierté de la famille, elle fait le buzz presque autant qu'Omar. Presque autant.

Malika assouplit les cheveux de sa mère avec de l'huile d'avocat bio qu'elle achète à la parapharmacie des Quatre-Chemins, ça les fait briller et ça met en valeur son magnifique dégradé de gris complètement naturel. Elle a même une grande mèche blanche à l'avant. On croirait une sainte coiffée d'un nuage.

Malika trouve que sa mère n'a jamais été aussi belle. Elle lui peigne doucement les cheveux et lui fait une longue natte qui lui arrive au milieu du dos. Ça lui plaît qu'à soixante-dix ans sa mère continue de garder les cheveux longs.

Malika s'est souvent fait cette réflexion : *Pourquoi les femmes blanches qui arrivent à la cinquantaine décident subitement de se couper les cheveux très court ?* À croire que c'est une étape obligatoire. Peut-être qu'une institution spéciale leur envoie un courrier officiel lorsqu'elles dépassent les cinquante ans, un peu comme la Sécu qui envoie la lettre de rappel pour la mammographie ? Peut-être qu'elles savent, qu'elles y sont préparées, comme leur mère, et leur grand-mère avant elles.

Chère Nadine,
Vous avez atteint le cap des cinquante ans, il est donc temps de vous faire couper les cheveux à la garçonne dans le salon de votre choix, de préférence un Jean-Louis David ou un Fabio Salsa dans le centre commercial le plus proche de chez vous.
Nota Bene : N'hésitez pas à demander plus de laque.

À ce rite de passage s'ajoute souvent la paire de lunettes assortie à la coupe de cheveux, celle avec les branches fantaisie violettes.

Un jour, vers la fin des années 2000, Yamina a subitement arrêté d'acheter des teintures au supermarché. Ça lui prenait un temps fou, c'était absurde et sans fin, deux semaines à peine après la coloration apparaissait déjà une ligne blanche. Elle achetait la teinte Acajou cuivré dans la gamme Excellence Crème de L'Oréal parce qu'elle l'avait vue sur Andie MacDowell dans une publicité à la télévision.

Et puis, ça devenait trop laborieux. Il fallait qu'elle mette ses lunettes de la pharmacie, celles aux branches en plastique tout écartées, bien trop grandes pour son petit visage. Sans ça, impossible de lire le mode d'emploi en 5 étapes. Car Yamina, bien qu'elle ait utilisé cette marque de coloration des tas de fois, continuait à lire le mode d'emploi.

Un beau jour, Yamina a décidé de faire cesser ce rituel. Ce n'était même pas pour plaire à Brahim, elle pourrait avoir la même coiffure que Bozo le Clown, il la trouverait belle.

Elle a simplement laissé pousser ses cheveux blancs. Ça a pris des années. Et si Andie MacDowell en faisait autant, d'autres femmes lâcheraient probablement l'affaire, elles aussi, peut-être qu'elles se sentiraient moins seules, et vieilliraient les unes avec les autres, sans rancœur ni ammoniac.

Yamina n'a rien vu d'autre que ses mains.

Alors qu'il signait l'acte de mariage à la mairie de la daïra, elle a discrètement levé les paupières, et à travers le *hayek*, dans lequel elle était pudiquement enroulée, protégée du monde, elle a regardé ses mains *énormes*.

Elle n'avait jamais vu de telles mains.

Venait-elle d'épouser un géant ? Un ogre ?

Brahim Taleb a une signature vacillante. Le stylo prêté par le *qadi* semblait tellement petit entre ses doigts. À vrai dire, même le marteau-piqueur qu'il a l'habitude de saisir fermement sur les chantiers en France a l'air d'un jouet pour enfant dans ses mains.

Ce jour-là, Yamina est accompagnée de son frère Moussa et de sa belle-sœur, Soumaya. Eux se sont rencontrés à l'école Mohamed-Harchaoui d'Aïn Témouchent où ils enseignent tous les deux, ils ont fait un mariage d'amour qui a été célébré l'été précédent. C'est Yamina qui a cousu elle-même le linge de lit,

127

préparé les peaux de moutons et confectionné les couvertures au crochet. Son frère ne l'a pas particulièrement remerciée.

Avant d'arriver à la mairie de la daïra, tous les trois sont passés chez Berrichi, le photographe de la commune.

Moussa conduit une Renault 16 noire à cette époque. Il a proposé de s'arrêter sur le boulevard principal d'Aïn Témouchent centre-ville pour faire une photo souvenir. Sur le cliché, Yamina ne sourit pas, elle ne veut pas aller en France, elle pense au départ pour Paris comme un condamné à mort songe à sa date d'exécution. Chez Berrichi, comme dans beaucoup de studios photo en Algérie, il y a un poster géant sur le mur du fond, un décor de plage et de palmiers. Ce jour devrait être joyeux, mais Moussa a bien compris que sa sœur aînée n'a pas le cœur à la fête.

À la mairie, Yamina tremble de timidité. Voilà qu'elle se marie à trente ans passés. Elle en ressent une forme de honte, les filles de sa génération sont toutes parties, et ce, dès quinze ou seize ans, puis très vite elles ont fait des bébés. Les femmes des terres se marient très jeunes, celles de la ferme en particulier. Yamina est devenue la vieille fille du coin qu'on commençait à moquer, c'est pourquoi elle a accepté à contrecœur d'épouser cet immigré de dix ans son aîné : Brahim Taleb.

Les années ont défilé et les prétendants aussi, du moins au début. Jusque-là, Mohamed Madouri avait systématiquement repoussé tous les hommes qui demandaient la main de Yamina. Ce n'est pas qu'il était particulièrement exigeant, mais il avait encore besoin de cette fille aînée qui, d'après ses propres mots, *valait au moins ses six garçons.*

Il ne pouvait pas se passer de son aide à la ferme, en plus de tout ce qu'elle faisait à la maison, puisqu'elle prenait en charge l'éducation de ses frères et sœurs, contribuait aux dépenses du foyer grâce à la couture et s'occupait même de la ruche qui donnait un miel délicieux. Ce n'était pas seulement une fille docile, c'était son bras droit. Mais après les vingt-cinq ans de Yamina, plus aucun prétendant ne se présenta à Mohamed Madouri. Le seul à vouloir Yamina, c'est cet homme de plus de quarante ans, qui a passé sa vie dans les mines puis sur les chantiers, et qui n'a connu que l'exil et les foyers de travailleurs. La sœur de Brahim Taleb, Aïcha, vit à la vieille ferme avec son mari, c'est elle qui a suggéré à son frère d'épouser Yamina. Elle apprécie les Madouri et trouve leur fille parfaite pour lui, courageuse et serviable.

L'arrangement s'est conclu dans l'après-midi, après la prière du vendredi. À son retour à la maison, Mohamed Madouri a convoqué sa femme, pour lui demander de parler à Yamina.

Rahma n'a pas accueilli la nouvelle avec joie, mais elle a obéi à son mari, comme elle l'a toujours fait.

Le dernier mot est laissé à leur fille, mais a-t-elle vraiment le choix ? Qu'elle dise oui ressemble plutôt à une formalité.

Yamina a pleuré des nuits entières, dans l'intimité de son oreiller dont la taie a été travaillée au crochet par ses soins.

Comment son père, après l'avoir gardée jalousement auprès de lui, avait-il pu se résoudre à l'envoyer de l'autre côté de la Méditerranée, vivre dans le pays des colons qu'il avait mis tant d'ardeur à chasser du sien ?

À deux pas de la nationale 2, à cinq minutes à pied de la station Fort d'Aubervilliers sur la ligne 7, tout près du fameux cirque équestre Zingaro, non loin de la fureur du grand carrefour coincé entre Pantin, Aubervilliers et la Courneuve, se trouve le petit paradis de Yamina.

C'est une parcelle de terrain d'environ 150 mètres carrés, un jardin ouvrier que l'association des jardins familiaux d'Aubervilliers a attribué à la famille Taleb en mai 2007.

Lorsqu'elle a escorté Yamina à son jardin la première fois, Marie-Claire, la responsable de l'association, lui a dit, sans savoir : *Vous avez de la chance, dans celui-là, il y a un figuier magnifique !*

Tous les ans, il donne à Yamina des figues délicieuses à la fin de l'été. Elle en cueille des bassines entières. Elle a beau en donner aux amis et aux voisins, ça n'en finit pas de pousser, à croire que plus elle en donne plus l'arbre offre de fruits. Yamina fait aussi des confitures.

131

Elle pense au figuier de son enfance, celui qui a tristement péri à Msirda. Désormais, l'arbre de Yamina, sa *baraka*, n'est plus en Algérie, il est ici, à Aubervilliers, bien enraciné et généreux.

Manuel, qui occupe le jardin mitoyen, en voyant arriver sa nouvelle voisine il y a douze ans de ça, a pensé : *Je parie qu'elle va planter des carrés entiers de menthe, et pis des patates et des fèves, et des patates... C'est tout ce qu'ils savent planter les Arabes, des patates.*

Brahim s'est senti obligé de partager son portugais rudimentaire avec Manuel, qui, embarrassé, a fini par lui dire : *Moi, j'suis espagnol m'sieur.*

Depuis qu'il est retraité des chantiers, Brahim n'a plus tellement l'occasion de parler portugais, sauf pour insulter les automobilistes qui manquent de courtoisie sur la route. *Porra, Sacana, Cabrão.*

Parfois, il mélange ses emportements méditerranéens, ça peut donner : *Vai te foder Ya l'Hmar !*

Très vite, c'est devenu *le jardin de Yamina.* La partie de Brahim, c'est les mauvaises herbes et les barbecues. Le reste, Yamina s'en occupe à sa façon, et contrairement à ce qu'imaginait Manuel l'Espagnol, elle n'a pas planté de fèves ni de patates. Elle a commencé par des fleurs, des *œillets d'Inde.*

Lorsqu'elle jardine, elle oublie tout, parfois même elle chantonne. Elle ne s'arrête que pour faire sa prière dans la cabane.

Avant, elle priait sur l'herbe fraîche quand il faisait beau temps. Yamina est une fille de la terre, ça lui plaisait de se connecter, de sentir l'énergie du sol lorsqu'elle se prosternait, d'avoir l'immensité du ciel au-dessus de sa tête. C'était agréable de prier en plein air, c'est vrai. Elle ne le fait plus. Elle ne se sent pas en sécurité. Yamina préfère se cacher.

Surtout depuis l'histoire de cette mère de famille poignardée simplement parce qu'elle portait un foulard.

Oui, Yamina y pense de plus en plus souvent. *Qui on est* est devenu compliqué.

Quand elle s'occupe de ses fleurs, de son romarin ou de ses petits pois, elle porte une blouse blanche qui appartenait à Hannah, du temps de ses cours de physique-chimie au lycée.

Yamina s'équipe pour travailler, elle porte des gants qu'elle a payés 6,99 euros au Bricorama de l'avenue Jean-Lolive à Pantin, elle a aussi une paire d'Air Max noires, celles avec la virgule rose, quasiment neuves. Imane les lui a laissées avant de partir, elle n'a pas pu tout emporter dans son appartement de vingt mètres carrés.

Brahim la taquine parfois.

Alors, la fille de la ferme, ça te manque d'avoir les ongles pleins de terre ?!

Ça n'amuse pas vraiment Yamina. Elle répond : *C'est ta sœur la fille de la ferme*, tout en continuant à planter ses échalotes, sur les genoux, tandis que lui prend le soleil d'Auber, étendu sur un transat en plastique, les orteils nus.

La vérité, c'est que Brahim est jaloux du talent de sa femme. Il a beau avoir été le roi de la pelle, jardiner et creuser une station de métro, ce n'est pas la même chose. Brahim est un homme robuste mais il n'est pas patient, et encore moins précis. Ces qualités sont incontestablement nécessaires pour faire un bon jardinier.

Dans le potager de Yamina, on jurerait que les lignes ont été tracées à la règle, pas la moindre feuille qui dépasse. Tout est ordonné et agréable à regarder. Le jardin est fertile et béni, ça saute aux yeux. Malika, chaque fois qu'elle y accompagne sa mère le week-end, commence par dire : *Comment c'est calme ici, ça donne envie de faire la sieste.* Et Yamina répond systématiquement : *Va dans la cabane et fais la sieste benti, qui t'en empêche ?*

Malika s'étend sur une banquette dans la cabane et ne tarde pas à roupiller, elle a regardé pas mal de tutos sur YouTube afin d'apprendre à respirer en profondeur et à sentir ses membres pour un endormissement rapide. Elle est connue pour ça à la mairie de Bobigny, c'est la championne des microsiestes, porte du bureau fermée à clef, pendant les temps de pause.

Chaque fois que les autres jardiniers de l'association passent devant la parcelle des Taleb, ils s'exclament : *Waaaou, vous avez un beau jardin, madame*, ou sifflent pour exprimer leur admiration. *Pffffiou*. Yamina sourit et remercie, et sitôt la personne partie, elle s'empresse de chuchoter : *TabarakAllah*, Dieu bénisse, pour éviter qu'on ne lui jette l'œil et que tout ne dépérisse. Il faut bien se protéger, et qui de mieux que Dieu pour ça.

BEL-AIR, CITÉ DU ROND-POINT
WILAYA D'ORAN
ALGÉRIE, 1981

La fête a eu lieu le 29 juillet 1981, le même jour que le mariage du prince Charles et de Lady Diana.

Moins d'un mois plus tard, Yamina et son mari ont quitté l'Algérie pour Paris. (Enfin, Aubervilliers, si on veut être exact.)

Penchée à la fenêtre de sa chambre nuptiale temporaire, au dix-septième étage sans ascenseur de l'immeuble où vit une partie de sa belle-famille, elle regarde une dernière fois la silhouette de son père.

Elle se sent si triste, littéralement abandonnée.

C'est la dernière fois qu'elle voit ses parents avant de longs mois. Sa mère, Rahma, n'a pas pleuré, fidèle à elle-même, et s'est éloignée vers le boulevard sans se retourner. Quant au patriarche, Mohamed Madouri, il a tenté de masquer sa culpabilité, mais Yamina l'a bel et bien vu lever la tête et jeter un dernier regard vers le balcon.

Yamina se dit qu'une femme ne devrait pas pleurer le jour de ses noces, mais elle n'arrive pas à endiguer ce flot de larmes.

Ça ne se passe pas comme ça dans les films égyptiens des années 1970 qu'elle regardait parfois l'après-midi, après avoir fini sa besogne à la ferme. Dans ces films-là, il y a des hommes qui déclament des poèmes en contemplant amoureusement des femmes qui mitraillent des *habibi* par-ci et des *habibi* par-là, et, toujours, l'amour triomphe à la fin.

Elle ne cesse de repenser au visage de Nabil, le plus jeune de ses frères, qui a vingt-cinq ans de moins qu'elle et pour qui elle fut bien plus qu'une sœur. Il a été tellement triste de leur séparation qu'il a pleuré jusqu'à s'évanouir d'épuisement. C'est comme si on avait arraché le cœur de Yamina.

Sa belle-mère et ses belles-sœurs l'invitent à changer de robe et à manger un peu avant le retour de son mari, au soir.

Tout le monde s'inquiète qu'elle ne veuille pas sortir de la chambre.

Yamina *Madouri épouse Taleb* n'a pas faim. La jeune femme a envie de défaire sa coiffure et d'enlever tout ce maquillage qui lui donne un air flamboyant et triste, comme un grotesque clown de cirque ambulant. Elle a envie de rejoindre sa famille et de tout annuler.

Dans quelques heures, elle sera seule avec cet homme, dans cette chambre, cet homme aux grandes mains, dont elle ne sait que très peu de chose, à peine son nom et son âge. Personne ne lui a dit ce qu'elle doit faire, comment il faut se comporter devant lui, elle n'a pas la marche à suivre, n'a reçu aucun conseil.

Sa mère n'est pas le genre de mère à transmettre des secrets intimes à sa fille en lui frottant le dos dans la moiteur d'un hammam.

Oui, devenir une femme, c'est brusque.

La chambre d'Omar ressemble à un studio d'étudiant. Ça lui donne une illusion d'indépendance du haut de ses vingt-neuf piges.

Il s'est vu naturellement attribuer la pièce la plus spacieuse de l'appartement. *Heureux hasard ?*

Posé sur un meuble TV Ikea, le modèle Bestå motif noyer teinté gris, il y a un téléviseur écran plat de 117 centimètres qui mange littéralement la pièce. On ne voit que ça en y entrant.

Il l'a acheté chez Darty, porte de la Villette, avec un de ses premiers salaires, à l'époque où il était en CDD à l'Assurance Maladie d'Île-de-France.

Le CDI lui était passé sous le nez au profit d'une fille tout juste recrutée que le responsable avait à la bonne. Elle avait eu le poste promis à Omar sans efforts ni compétences particulières, et bien qu'elle ait une morphologie plus proche de celle d'un coq que de celle d'une femme, gros ventre et jambes maigres, elle portait des jupes assez courtes pour réjouir le N+2.

Dans sa chambre, Omar a aussi une armoire, une table basse en formica imitation marbre rose de Toscane, une banquette en velours qui lui sert de lit et un siège de bureau en simili cuir sur lequel il s'installe pour faire des *live* sur sa PlayStation 4.

La plupart du temps, il choisit des jeux violents où il incarne un GI américain à la recherche de terroristes arabes.

Omar joue parfois pendant des heures sans voir le temps passer, avec son casque micro sur la tête pour parler dans son sale anglais avec les autres joueurs et leur donner des instructions. Éparpillés dans le monde entier, ils sont, tout comme lui, enfermés dans un monde virtuel globalisé, au grand désespoir de Brahim qui se dit souvent : *Si un jour je fais un arrêt cardiaque dans la pièce à côté, mon fils ne s'apercevra de rien.*

Brahim ne comprend pas grand-chose à la vie d'Omar, il est consterné par son monde d'enfant adulte. «Jouer» ? À trente ans ?! Brahim n'a probablement jamais *joué*. Peut-être, parfois, a-t-il imaginé des formes dans les nuages, couché sur son sac en toile, alors qu'il était un petit berger d'à peine six ou sept ans et qu'il menait paître ses chèvres.

Il restait bien à Brahim quelques souvenirs de son enfance. Un soir d'été, la famine frappait la région. C'était la guerre en Europe, beaucoup d'hommes avaient déjà rejoint les troupes coloniales pour libérer le sud de la France de l'occupation allemande.

Pendant ce temps, au village, Brahim et ses frères crevaient de faim, la tête infestée de poux.

Leur mère avait allumé un feu dans la cour, et tout autour les enfants, penchés en avant, se secouaient les cheveux, ce qui faisait sauter les poux dans les flammes, provoquant un petit bruit d'explosion pareil à celui du maïs sec dans la gamelle fermée. Brahim et ses frères eurent des hallucinations ce soir-là, à cause de la faim, ils avaient imaginé une cérémonie géante de fabrication de pop-corn autour du feu. *Pop, pop, pop*, dans tous les sens, sous le ciel étoilé et devant les flammes qui dansent. Ils pouvaient presque sentir l'odeur du pop-corn chaud.

À plus de quatre-vingts ans, le vieil homme, qui a conservé une santé de fer, *Dieu préserve*, est étonné devant cette génération à l'enfance prolongée, aux responsabilités réduites et au courage limité.

Parfois, il dit à Yamina qu'à force de couver Omar elle en a fait une moitié d'homme. C'est ce qu'il pense, il adore son fils pourtant, mais il regrette d'avoir laissé sa femme le surprotéger.

Lui, à seize ans, il descendait à la mine, la gueule noire, du côté de Roche-la-Molière et Firminy, dans la Loire, à l'époque où l'exploitation de charbon donnait encore du boulot.

Yamina, consciente de la faiblesse de ses arguments face à son mari qui dégaine le joker de La Compagnie des Mines, rétorque : *Oui, mais il se lève tôt, il conduit toute la journée, parfois il travaille de nuit, il a mal au dos et les clients ne sont pas toujours faciles.*

Yamina ne comprend pas pourquoi Brahim s'entête à vouloir endurcir Omar. À ses yeux, faire profiter ses enfants d'une vie agréable et facile les récompense de la pénibilité de leur propre vie, sinon à quoi bon avoir traversé tout ça ?

Est-ce qu'il faut qu'Omar descende à la mine et se retrouve la figure pleine de charbon pour prouver à son père qu'il est un homme ?

Les chauffeurs Uber d'aujourd'hui ne sont-ils pas les mineurs d'hier ? Ne sont-ils pas comme leurs pères ?

Des travailleurs qu'on paie peu et qui font fructifier un système inégal et gourmand ; ne sont-ils pas leurs dignes héritiers, après tout ?

Malgré leurs études et les possibilités dont ils sont supposés bénéficier, ils conduisent des voitures à longueur de nuits, pour des salaires minables, dépendants de la sonnerie de l'application qui ne cesse d'affoler leurs cœurs gâchés, dépendants des notes et des commentaires de leur clientèle capricieuse.

Yamina laisse Omar à ses parties virtuelles interminables, parce qu'elle trouve que cette échappatoire n'est pas de trop. Elle lui est reconnaissante car il n'a jamais fait de garde à vue, et, tout de même, c'est remarquable.

Elle s'inquiète seulement qu'il suive le même chemin que ses sœurs et qu'il ne se marie pas.

Alors qu'il nettoie sa Renault Talisman, 1.5 DCI ECO 2 Energy Business intérieur cuir, à la station de lavage Freewash à Aubervilliers, en face de l'autoroute, tout près de la boucherie halal de gros Viande à gogo, il songe à inviter Nadia, la cliente de Romainville, à sortir. La fille aux yeux charbon, pas le charbon de la mine de son père, le charbon profond d'un regard qui enchante le cœur.

Comme toutes les autres lui paraissent fades à présent. Ça ressemble à de la magie. Nadia réunit les sept boules de cristal comme dans son manga préféré *Dragon Ball*.

Il a enfin créé un compte Facebook. N'ayant pas trouvé de photo de profil satisfaisante, il s'est résolu à mettre un portrait en noir et blanc de Zinedine Zidane, qui est un peu son double *successful*. Une icône. Un Algérien calvitieux, comme Omar, le talent en plus.

Ensuite, il a demandé en ami quelques-uns de ses cousins d'Algérie, d'anciens camarades de classe aussi, dont certains n'ont même pas daigné répondre à l'invitation, et, pour finir, il s'est abonné à la page de Rafael Nadal. Omar suit les compétitions de tennis depuis sa plus tendre enfance. Il rêvait d'être champion dans le temps, mais persuadé que c'était un sport de riches, il ne s'est jamais inscrit dans un club. Son père lui avait dit : *On n'a pas les moyens pour un club de tennis, va jouer à la balle avec les garçons noirs en bas.* Il y repense avec un peu de peine, au mois de mai, lorsqu'il dépose des clients devant Roland-Garros.

Sport de riches.

Ses regrets sont derrière lui. À bien y réfléchir, il n'est certainement pas un cas isolé, la seule réputation de ce sport a probablement empêché pas mal de garçons comme Omar de s'inscrire à un club.

Réflexion valable également pour l'aviron, le golf et le ski.

Omar a trouvé le profil de Nadia sans difficulté, et il a constaté qu'elle avait une vie sociale manifestement plus riche que la sienne. Pas mal de commentaires défilent sous ses photos, qu'il a pris la peine de regarder une par une, avec le même air imbécile qui s'affiche sur son visage chaque fois qu'il pense à elle. Il a hésité à lui écrire, ses vieux démons autodestructeurs revenant à la charge. Définitivement, le courage n'est pas sa qualité première. Pourtant, Omar, cette fois, a réussi à se dépasser. Il a envoyé un message absurde et simple pour demander des nouvelles : *Salut, c'est Omar, merci pour ton gentil commentaire sur l'appli, quoi de neuf ?*

Elle a répondu dans la journée, enthousiaste s'il se fie au nombre de points d'exclamation qui ornaient sa réponse.

Depuis maintenant deux ou trois semaines, ils s'écrivent, et c'est confortable d'apprendre à se connaître de cette façon, sans faire face à un regard charbon déstabilisant ou à un parfum qui déroute.

Omar aurait pu continuer comme ça des semaines, se contenter de cette pointe d'excitation en découvrant un message non lu dans les notifications Facebook. Il aurait pu encore se dévoiler virtuellement, à l'abri, dans sa chambre studio, son ordinateur portable Lenovo IdeaPad 320S posé sur sa table basse en Formica, dénichée par Brahim dans on ne sait quelle brocante.

Mais alors qu'Omar insiste sur les jantes de sa Talisman, avec le jet à haute pression, il se dit qu'il est temps de passer à la vitesse supérieure. Il jette un coup d'œil autour de lui, *tiens, c'est inhabituel, le Sri Lankais qui offre ses services pour nettoyer les voitures contre la modique somme de 5 euros n'est pas là aujourd'hui.*

La Talisman est nickel, c'est le moment de prendre la route et de démarrer l'application. C'est décidé, ce soir, après le travail, il se connectera sur son compte Facebook (mot de passe : Omarmatuer) et enverra un message à Nadia pour l'inviter à sortir boire un verre ou à manger un morceau.

À cette idée, Omar sourit bêtement et allume la radio, elle est calée sur « Les Petites Annonces de Beur FM », émission présentée par Philippe Robichon. Une femme d'une cinquantaine d'années, Mimouna, vend une « villa » à Oran, 43 000 000 dinars, neuf pièces, un petit hammam, une cour et un local commercial. *Pas sérieux s'abstenir, j'ai un frère sur place pour les visites, moi je vis à Bobigny, voilà merci Philippe, et je tiens à vous dire que j'adore votre émission en tous les cas.*

Un jour peut-être, Omar pourra offrir à ses parents une *villa*, et n'entendez pas par *villa* les maisons des stars de Santa Monica, on parle là des cubes de béton de trois étages, qui bordent les routes du bled, façades de briques rouges et balcons en fer forgé à l'équilibre instable, que le *zellige* à motifs peine à faire passer pour un palais turc.

Faute d'être devenu champion de tennis, faute d'avoir réalisé ses rêves à lui, Omar pourrait au moins réaliser ceux de ses parents, plus accessibles.

RUE DU MOUTIER, COMMUNE D'AUBERVILLIERS
DÉPARTEMENT DE SEINE-SAINT-DENIS (93300)
FRANCE, NOVEMBRE 1981

La seule chose qu'elle sait, c'est le nom du président : François Mitterrand, et elle sait aussi qu'il militait pour l'Algérie française dans le temps et, donc, qu'il n'était pas un ami.

Yamina n'avait jamais vu un ciel si gris, des nuages si lourds, elle n'avait jamais connu de nuits si froides.
Voilà, elle est en France.

C'est ce qu'il a trouvé de mieux, comme ça, dans l'urgence. Brahim Taleb fait enfin venir sa femme. Les démarches du regroupement familial ont été plus rapides que prévu, il n'a eu que deux semaines pour trouver où la loger. Jusque-là, il a toujours vécu seul ou avec d'autres gars du chantier dans des cafés-hôtels, des foyers de travailleurs, dans les baraquements, les préfabriqués, et a même fait escale chez un cousin au bidonville de Nanterre à son arrivée en région parisienne en 1961. De cette période, il garde surtout le souvenir de la crasse, des godasses pleines de boue,

147

des rats et du bruit du zinc au-dessus de sa tête. Les soirs de pluie, c'était un enfer de s'endormir.

Brahim ne se souvient pas du nom de tous les types qui partageaient sa cabane de tôle, c'est loin maintenant.

En revanche, il se rappelle Nasser, celui d'entre eux qui n'est jamais revenu. On a raconté que, lui aussi, la police française l'avait jeté dans la Seine.

Quelques gars qu'il a connus à l'époque étaient déjà rentrés au pays, bénéficiant de l'Aide au retour volontaire proposée par le gouvernement.

Cette bourse d'expulsion rémunérée représentait dix mille francs.

Dix mille pitoyables francs contre des années de misère.

Cette « aide » était une honte déguisée en faveur, Brahim avait bien compris qu'elle signifiait *on n'a plus besoin de vos grandes mains, de vos moustaches dont les extrémités gèlent en hiver, plus besoin de votre abnégation, de vos regards nostalgiques, de vos jambes robustes, même le dos courbé vous prenez trop de place, et vos semblables, comment fera-t-on avec eux ? Ceux qui viendront après vous ? C'est que vous affluez en nombre, et qu'en plus vous vous reproduisez. Il est temps de retourner à vos villages et à vos manières.*

Dix mille pauvres francs, à peine le prix d'un remerciement.

Brahim avait songé à repartir quand parfois il était las, mais il aurait fallu renoncer à son ancienneté dans

148

l'entreprise de BTP qui l'employait. Il était entre deux âges, c'était trop tard pour tout recommencer.

Grâce à des copains kabyles du foyer de Puteaux, Brahim a dégoté ce deux pièces plein d'humidité rue du Moutier, à Aubervilliers. Le propriétaire s'appelle monsieur Bonnet, et il a prévenu Brahim : si l'un des locataires de l'immeuble ne règle pas le loyer ou les charges, il coupe l'eau à tous les résidents jusqu'à ce qu'il soit payé.

Il n'y a pas de douche dans l'appartement, mais les W.-C. ne sont pas sur le palier, et ce n'est déjà pas si mal. On a indiqué à Brahim des bains-douches publics à l'angle de la rue Paul-Bert et de la rue Henri-Barbusse, ils s'y rendront une fois par semaine avec sa jeune épouse, et ça fera très bien l'affaire. Pour la toilette quotidienne, ils se contenteront de l'eau froide, directement au robinet de la cuisine. Ça n'a jamais tué personne de faire sa toilette à l'eau froide, Brahim l'a fait toute sa vie d'homme célibataire.

Ce n'est pas comme si sa future femme était habituée au luxe, après tout, elle aussi est une Msirdiya, née dans les terres frontalières, elle a toujours vécu à la ferme dans un confort rudimentaire. Elle s'y ferait facilement, à cette vie-là.

Brahim sait qu'il sera gentil avec elle. Il ne la frappera pas si elle lève la voix, contrairement à certains copains du chantier. Brahim ne les écoute que d'une oreille quand ils font la leçon sur comment traiter les femmes, il n'aime pas la *hagra*, ce n'est pas un homme violent.

Plus jeune, il refusait d'égorger les lapins. Ce n'est pas qu'il se dégonflait, mais il avait le cœur tendre, Dieu l'a créé comme ça, voilà tout.

Il faut dire aussi que les souvenirs des roustes de son père l'ont empêché toute sa vie de manifester une quelconque forme de violence envers un être vulnérable.

Depuis son arrivée, Yamina n'a pas cessé de pleurer. Brahim a pourtant usé de tous les stratagèmes possibles pour lui changer les idées. D'abord, il lui a acheté un radiocassette pour qu'elle écoute de la musique quand elle reste seule à l'appartement, de 5 heures à 18 heures. Il lui a offert des chaussures et des robes achetées à Rosny-Prix sur la nationale 2, ce n'est pas de la haute couture mais il est bien le seul à habiller sa femme dans les boutiques en ce temps-là.

Il lui apporte des fruits aussi, pour lui faire plaisir.

Une fois, il a acheté des nèfles au marché, qui ont dégagé une odeur délicieuse à peine le sachet de papier ouvert. Mais lorsque Brahim a tendu l'un des fruits juteux à Yamina, elle a fondu en larmes de nouveau, parce que, bien sûr, à la ferme du père Madouri, il y a une rangée de néfliers, comment a-t-il pu ne pas y penser ?!

Au lieu de lui faire oublier sa tristesse pour un instant au moins, il l'a replongée dans sa mélancolie familiale, dans le manque de son père ! Son père, son père ! Il n'y en a que pour lui, *Ba*, elle n'a que ce mot à la bouche ! Il y a bien des jours où Brahim perd patience, il a eu envie de lui dire maintes et maintes fois : *Si ça te rend tellement malheureuse de vivre ici avec moi, fais tes valises et je te ramène en Algérie chez ton père !*

Mais il n'a jamais prononcé ces mots tout haut, jamais. Il a trop de peine pour Yamina, son chagrin est si grand qu'il ne veut pas en rajouter.

Et puis, au fond de lui, il sait que Yamina serait trop tentée de répondre : *OUI* ! *Ramène-moi chez mon père, je ne supporte plus ce pays, son ciel gris et ses nuages lourds, je ne supporte plus la solitude, ni ces journées interminables, l'attente de ton retour, je ne supporte plus que ma langue se meure de rester figée dans ma bouche, je ne supporte plus ma salive inutile, je meurs de ne pouvoir parler à personne, et même si la radio reste allumée toute la journée, je ne peux pas lui répondre.*

Brahim commence à se faire à sa jeune épouse, elle est si belle, tellement douce et gracieuse, et ses yeux, alors ! Il n'avait jamais vu une couleur pareille. Parfois, alors qu'il la regarde, il s'y perd un peu. Quel égarement agréable…

Le cœur tendre de Brahim n'a pas résisté bien longtemps à Yamina, c'est comme s'il l'avait attendue toute sa vie. Ça faisait trop longtemps que ce cœur se recroquevillait sous le torse viril du costaud coffreur-boiseur. Il espère qu'un jour, elle se fera à lui aussi. Qu'elle l'aimera à son tour.

Il compte sur l'arrivée du printemps, sur ses congés et ses promenades avec elle, il compte sur un ciel plus clair qui rendra peut-être à sa femme l'exil plus supportable.

MAXI TOYS
169, BOULEVARD MAC-DONALD – PARIS (75019)
FRANCE, 2019

Elle ne pensait pas tenir jusque-là, mais, avec les charges de l'appartement elle n'a pas eu le choix. Cette année encore, à la période de Noël, elle fera partie de l'équipe des ventes chez Maxi Toys (Maxi TOZ, oui).

À trente et un ans, elle a déjà mal au dos, et sa position, alors qu'elle s'occupe du placement au rayon Constructions, n'aide pas.

Imane n'en peut plus de cette sale ambiance avec sa hiérarchie et de la pression constante qu'on lui inflige. Elle qui espérait quitter son poste de *vendeuse qualifiée* début octobre ! C'est bel et bien foutu pour cette année, puisqu'elle a décidé de prendre son indépendance. Comme chacun sait, vivre à Paris intra-muros demande des sacrifices.

Vivre à Paris extra-muros aussi demande des sacrifices, mais pas les mêmes.

Son 20 mètres carrés lui coûte 850 euros par mois toutes charges comprises. Imane a menti à ses parents sur le prix du loyer, c'était obligé, elle ne pouvait pas leur dire une chose aussi brutale, aussi grotesque.

Cette somme est trop indécente, à peine en dessous de la retraite de Brahim. Déjà que ses parents n'étaient pas fans de l'idée de son départ de la maison.

Si elle avait dit la vérité, leur premier réflexe aurait été de faire la conversion en dinars : *Mais pourquoi ils font toujours ça ? À quoi ça leur sert ?*

Ils auraient probablement écarquillé les yeux en disant : *Quoi ?! 850 euros ! Ça fait 8 millions et demi !*

Parler en millions et rajouter des zéros, ça dramatise tout, comme si payer un studio dans le 18e arrondissement 850 balles n'était pas assez dramatique comme ça !

Tu sais qu'avec 8 millions et demi, tu pourrais louer au moins sept appartements à Aïn Témouchent ?!

Ce à quoi Imane aurait répondu : *Qu'est-ce que vous voulez que j'aille foutre à Aïn Témouchent ?*

Ses parents se seraient défendus : *On ne t'a pas demandé d'aller vivre là-bas, pas tout de suite, on faisait la comparaison c'est tout !*

Imane aurait haussé les sourcils. Une pointe d'agacement, à peine, pas de quoi les fâcher non plus : *Ouais, bah, Aïn Témouchent, c'est sympa, mais c'est pas Paris, et l'Algérie, c'est pas la France non plus.*

Elle sait bien que sa mère déteste qu'elle parle comme ça.

Yamina aurait sûrement dit quelque chose du genre : *Quoi ? Y a un problème avec l'Algérie ? Qu'est-ce que tu fais du respect que tu dois à notre million et demi de martyrs ?*

Et Imane, qui sait se montrer insolente, aurait fini par soupirer : *Million, million, vous savez parler qu'en millions, vous.*

Le mot de trop pour Yamina, et l'une des sœurs s'en serait mêlée pour mettre un coup de pression à Imane, sans doute Hannah d'ailleurs, celle-là, avec sa grande gueule béante ! Le Lucky Luke de la famille, toujours prête à dégainer le revolver au bon moment ! Elle aurait dit un truc du genre : *Toi, commence pas à faire la maline, Française de papier va, à t'écouter tu t'appelles Nadine et t'as grandi en Bretagne. Elle a fait quoi pour toi la France ?*

Cette histoire aurait possiblement mal fini, Imane serait sortie de l'appartement en claquant la porte, mais pas trop violemment, afin de pouvoir prendre le prétexte du courant d'air si jamais son père se fâchait.

Elle serait allée faire un tour vers Danielle-Casanova, les mains dans les poches de son blouson en fausse fourrure qu'elle a acheté 79,90 euros au Zara du centre commercial Le Millénaire, et se serait sentie incomprise dans cette famille, encore une fois. Le sentiment d'être différente d'eux ne la lâche pas. *De toute façon, y en a que pour les grandes et pour Omar.*

Afin d'éviter d'en arriver là, Imane a préféré quitter le nid, même si ça a fait désordre, même si elle a été très triste de décevoir ses parents, et son père en particulier.

En tout cas, maintenant, il faut assumer, elle a chouiné trop longtemps sur son manque d'autonomie et de liberté. Et si, pour ça, elle doit vivre avec 265 balles par mois, elle le fera. Terminé les achats compulsifs chez Zara.

1 115 euros de salaire net – 850 euros de loyer TCC = un peu plus de 2 millions et demi de dinars.

En vérité, Imane n'a pas à se plaindre. Elle est à la fois libre, parisienne et millionnaire.

WILAYAS D'ORAN (31), D'AÏN TÉMOUCHENT (46) ET DE TLEMCEN (13) ALGÉRIE, ANNÉES 1990-2000, LES VACANCES

Jamais Yamina ou Brahim ne s'étaient posé la question du *loisir* dans l'éducation de leurs enfants. Ils faisaient partie de cette génération de la « survie ».

Pour eux, élever des enfants, c'était d'abord et avant toute chose s'assurer qu'*ils ne manquent de rien*.

Si les gosses mangeaient à leur faim, étaient vêtus correctement et dormaient au chaud, la mission était accomplie, voilà tout. Ça ne leur traversait même pas l'esprit qu'être à l'écoute de leurs émotions, respecter leur personnalité ou les aider à développer leur sens créatif avait de l'importance.

Cette génération de parents qui s'accroupit pour donner une explication avec une voix mielleuse en regardant l'enfant dans les yeux viendrait bien plus tard. La génération du « bien-être ». *On en profite pour remercier Super Nanny pour ses précieux conseils. Paix à ton âme Cathy.*

Les vacances, chez les Taleb, n'avaient donc pas le même sens que pour tout un chacun. Il ne s'agissait

157

pas d'envoyer les gamins en colonie pour découvrir un pays, une culture, et encore moins de leur payer un séjour à la mer ou en camping pour se faire des copains.

L'été, ils pliaient bagages, excédents bagages et enfants, et allaient en Algérie, en empruntant le parcours classique : Aubervilliers-taxi-Orly Sud-Air Algérie-Oran. Durant deux mois, ils allaient balayer l'ouest du pays, en faisant plusieurs étapes dans leur voyage pour rendre visite à la famille. Afin de ne vexer personne, ils resteraient quelques jours chaque fois et apporteraient des cadeaux.

D'abord Oran, car les Taleb atterrissaient toujours à l'aéroport Wahrane Es-Senia. Dans le temps ça ne s'appelait pas encore Aéroport international Ahmed Ben Bella, en hommage à l'ancien président disparu.

Ils passaient leur première semaine chez M'hamed, le frère aîné de Brahim, qui, comme le disait Yamina, était *le meilleur des frères*.

Il vivait avec sa femme Sakina et leurs enfants, toujours au dix-septième étage de la cité du Rond-Point, quartier Bel-Air, vue sur la mer, dans cet appartement où Yamina avait passé quatre mois avant de rejoindre Brahim en France.

C'était le moment du séjour que préféraient Malika, Hannah, Imane et Omar. Ils avaient l'impression d'être vraiment en vacances, au contact d'une jeunesse qui aspirait à la même chose qu'eux : s'amuser et vivre librement. La ville était magnifique, baignée par une lumière qui n'existe nulle part ailleurs. Malika découvrait des vestiges de l'histoire à chaque coin de rue, et ses cousins étaient enchantés de répondre à ses questions, ravis de sa curiosité.

De tous les enfants de leurs oncles et tantes, ceux d'Oran étaient les plus drôles et les plus chaleureux, après dîner, ils les emmenaient se promener et manger une glace à l'italienne sur la corniche.

Hannah s'est souvent demandé comment les gens de là-bas font pour les démasquer aussi facilement : *Ils arrivent toujours à savoir qu'on vient de France, même si on se déguise en eux, qu'on porte les vêtements des cousines ou un foulard sur la tête, qu'on ne se trahit pas en parlant arabe avec un accent, ils nous captent direct ! À croire qu'ils ont un détecteur d'immigrés !*

Omar relativisait : *Oui, mais nous aussi on les reconnaît en France ! C'est pareil, non ?*

Oran en été, c'était chaque soir une fête, on pouvait entendre de la musique raï partout dans la rue, et voir les cortèges des mariages se succéder.

Les enfants Taleb ont découvert les chansons d'amour de Cheb Hasni. Assassiné quelques années plus tôt, il avait gardé sa place intacte dans le cœur des Algériens. Imane avait demandé : *Mais si c'était juste un chanteur, s'il faisait pas de politique alors pourquoi on l'a tué ?* Personne n'avait été capable de lui donner une réponse.

Le cousin Rafik avait traduit aux filles certaines paroles des chansons avec timidité. Omar, lui, n'était pas très intéressé, mais ça faisait drôle à tout le monde de dire des mots d'amour.

Alors que la famille se promenait à Mdina Jdida, la nouvelle ville, Malika remarquait que les femmes étaient coquettes et libres, et que la plupart des jeunes étaient habillés à l'européenne. Les filles Taleb ne se sentaient jamais mal à l'aise dans les rues de cette ville.

Parfois, elles croisaient le regard d'autres enfants de France, qui eux aussi cherchaient leur place.

Le week-end, en Algérie, c'était le jeudi et le vendredi. Ils embarquaient tous à la plage, celle des Andalouses, dans la Renault Trafic blanc 2.5 du cousin Mohamed qui avait une société de transport à l'époque.

Les filles se baignaient en *gandoura,* et Omar en bermuda. Yamina, elle, était assise sous le parasol. Brahim, il se contentait de retrousser le bas de son pantalon et de rester debout au bord de l'eau, les mains dans le dos à scruter l'horizon, comme un sauveteur en civil, Mitch Buchannon d'*Alerte à Malibu,* incognito. Les enfants ont compris plus tard que leur père n'avait jamais su nager.

Le soir, dans la chambre du milieu, les cousins regardaient les sketches de Mustapha Bilahoudoud sur la chaîne d'État. Sans sous-titres, les enfants Taleb ne comprenaient pas tous les effets comiques, mais l'essentiel était là : ils se marraient.

Invariablement, ils finissaient le séjour par une halte photo au fort de Santa-Cruz, une bâtisse érigée du temps des Espagnols, et personne ne se lassait de la vue. L'un d'entre eux disait forcément : *C'est trop beau, je comprends pourquoi les Français n'ont pas voulu partir.*

Quelques années plus tard, l'oncle M'hamed est mort dans sa belle soixantaine, paix à son âme, d'une crise cardiaque, au pied de l'immense tour, et les vacances à Oran n'ont plus jamais été tout à fait les mêmes. Elles n'étaient déjà plus les mêmes depuis le début de cette décennie dramatique, quand la peur avait pris le dessus sur tout le reste.

Chaque année, c'était la même histoire, les au revoir ressemblaient à s'y méprendre à des adieux.

Pour la suite, la famille prenait la direction d'Aïn Témouchent, à une soixantaine de kilomètres à l'ouest d'Oran, chez les parents de Yamina, les Madouri.

En l'honneur de l'arrivée des immigrés, Mohamed Madouri, l'heureux grand-père, sa *razza* jaune vissée sur le crâne, égorgeait un mouton. Pas question de débattre sur la souffrance animale ou d'évoquer une quelconque empathie envers la bête, c'était un égorgement qui se faisait dans la joie. Les enfants se disputaient pour savoir lequel d'entre eux aiderait *jeddi Mohamed* à tenir l'animal. Pour trancher, et surtout, avant de *trancher*, il disait toujours : *Ne vous battez pas ! Vous êtes quatre et par chance, le mouton a quatre pattes !*

Omar était fasciné par la lame parfaitement aiguisée sur laquelle se reflétait le soleil de juillet, quant à Hannah, elle ne craignait rien, elle s'agenouillait sur les pattes du mouton en tenant fermement la partie arrière, c'était la plus téméraire. Seule Malika avait du mal à la vue du sang.

161

Dans la foulée, on dépeçait la bête, on lavait ses boyaux avant de nettoyer la peau et la laine, c'était souvent Yamina qui s'y collait, réputée experte en la matière. Dans le même temps, les tantes allumaient le *trois pieds à gaz* pour y faire griller le foie, qu'on mangeait rituellement en premier, avec une pointe de gros sel.

À la ferme, les jours se succédaient et se ressemblaient. On sortait de temps en temps pour aller d'une maison à une autre, chez l'un des oncles ou l'une des tantes, qui habitaient tous dans un périmètre restreint, la même wilaya, Aïn Témouchent, 46.

Le reste du temps, les enfants jouaient dans les champs de blé avec les gamins de la ferme qui les regardaient comme des spécimens. Imane répétait : *Ils sont bizarres, ils sont pas comme nous, pourquoi ils ont pas mal quand ils marchent pieds nus sur les pierres ?* Les journées étaient si longues qu'ils finissaient par perdre la notion du temps. Malika écrivait des cartes à ses amis du lycée qu'elle ne postait pas et qu'elle finissait par remettre en main propre à la rentrée de septembre.

Avec leurs deux jeunes tantes, celles qui n'étaient pas encore mariées, Malika, Hannah et Imane avaient appris à devenir de vraies petites femmes. L'été chez les Madouri ressemblait à une formation pour devenir de parfaites futures épouses. Elles portaient des gandouras, des foulards noués *à la turque* et leurs fameuses *sandalas,* des claquettes en caoutchouc, à chacune sa couleur. Elles faisaient les lessives à la main, au soleil, épluchaient les légumes, s'occupaient des poules, faisaient griller les poivrons et nettoyaient la cour avec une petite balayette en *doum*, la fameuse feuille de palmier qui servait aussi à fabriquer des paniers tressés. En Algérie, elles avaient tout appris de ce qu'on attend d'une femme d'intérieur. Même à utiliser la machine à coudre Singer, qui jadis appartenait à leur mère, avant de servir à leur jeune tante Norah, qui avait repris le flambeau.

Omar, chanceux comme un garçon, accompagnait son père en ville, il prenait les cars publics où un adolescent en claquettes récoltait les tickets des passagers, et pouvait s'asseoir dans les cafés du boulevard pour boire un soda orange foncé, imitation Fanta. Lui bénéficiait du privilège des hommes et de leur liberté sans même s'en rendre compte. Il comprenait à peine qu'il était dans un *autre pays*.

Un jour, vers l'âge de huit ans, en regardant les gens autour de lui, en plein centre-ville, Omar réalisa que tout le monde se ressemblait plus ou moins. Il s'adressa à son père : *Papa, pourquoi y a que des Arabes, ici ?*

Comme les autres, il n'échappait pas à la sieste forcée l'après-midi par 40 degrés, juste après le feuilleton mexicain doublé en arabe littéraire, auquel ni Omar ni sa grand-mère Rahma, qui ne parlait que le dialecte de l'ouest algérien, ne pigeaient quoi que ce soit.

Les filles ne sortaient pas à Aïn Témouchent, la mentalité n'était pas la même qu'à Oran.

C'était une ville peuplée d'hommes.

Le boulevard principal était à eux, les trottoirs leur appartenaient tout entiers. Ils s'asseyaient sur des

163

chaises en plastique, aux terrasses qui se succédaient et qui s'étendaient jusqu'au bord de la route.

Pendant des heures, ils restaient là, jambes écartées, pieds nus dans leurs sandales en mousse, à parler fort, en fumant des cigarettes bon marché, des Rym, en se caressant la moustache et en remettant en place leurs lunettes d'aviateur d'inspiration Ray Ban. Ils transpiraient dans leurs systématiques débardeurs blancs, leurs *tricots de peau,* et qu'on voyait en transparence sous leurs chemises rayées à manches courtes.

Sur le boulevard, les femmes, elles, ne font que passer, silhouettes furtives, leurs corps discrets cachés sous des djellabas colorées.

Elles doivent, elles, les éviter, eux.

Jusqu'à descendre sur la chaussée, au risque de se faire renverser, en tenant fermement la main de leurs frêles petits garçons en short et de leurs fillettes vouées à être de passage dans ces rues, tout comme leurs mères.

Ces petites filles déjà apprennent que, sur les trottoirs, les femmes zigzaguent, que c'est à elles d'être mobiles, d'être souples, que c'est elles qui doivent trouver des combines, des manières inventives d'éviter les hommes, et de contourner leurs grosses chaises en plastique, leurs grosses jambes écartées sur ces chaises, elles doivent déjouer leurs plans, esquiver leurs grosses moustaches qui expulsent de la fumée de cigarette, et leurs gros torses sous des débardeurs jaunis par la sueur.

Les fillettes devront plus vite que prévu réfléchir à de nouveaux itinéraires, à de nouvelles façons de *ne faire que passer sans trop déranger.*

Heureusement pour les filles Taleb, il y avait le vendredi et la sortie hebdomadaire au hammam, toutes en raffolaient, sauf Imane, qui ne supportait pas la chaleur. Une fois sur deux, elle s'évanouissait, il fallait l'évacuer vers la salle de repos et l'allonger sur une banquette, et elle supportait encore moins la brutalité de la vieille *kiyassa* à l'énorme poitrine qui frottait vigoureusement sa pauvre peau au gant de crin.

Une fois, au hammam de la cité Thiers, une jeune fille qui se rasait les cuisses et les bras avec un jetable pour homme lui avait demandé si elle pouvait lui prendre un peu de son gel douche *de France*. C'était un Cottage senteur caramel, à presque trois balles le flacon, et c'est à contrecœur qu'Imane lui en avait versé une ou deux noisettes dans la paume. Elle s'y était sentie obligée, en vérité, comme chaque fois, car ici elle était taxée en permanence par les autres filles, et lorsqu'un de ses oncles lui avait dit qu'Aïn Témouchent, en dialecte berbère, signifiait *la source des chacals*, Imane avait pensé : *Tiens, comme par hasard, ça m'étonne pas.*

Parfois, ça avait des allures de racket.

Déjà, il y avait Najat, leur cousine un peu clepto, qui rôdait, toujours à l'affût de quelque chose à gratter.

C'était énervant mais on ne pouvait rien lui refuser, pour éviter le scandale. De toute façon, soit on lui donnait, soit elle se servait. Les filles devaient toujours surveiller leurs affaires, faire l'inventaire de ce qui manquait. Même Hannah, qui avait moins honte que les autres, se la fermait, et avait dû ravaler sa salive quand son mascara Helena Rubinstein Longlash Effect s'était volatilisé. Il ne fallait surtout pas mettre la honte à Yamina.

Pareil pour le gloss framboise de Malika, qui, elle, n'en avait rien à cirer, puisqu'il avait été offert avec le *Glamour* du mois de juillet, acheté au Relais H d'Orly Sud à l'aller.

Tout ça commençait à bien faire.

Imane trouvait ça injuste. *Pourquoi on doit se la boucler chaque fois, c'est pas notre faute si on est nés en France, on n'a rien demandé. Pourquoi on est obligés de payer une taxe jalousie ?*

Elle ne supportait plus de voir le niveau de son parfum *Démon* d'Eau Jeune diminuer de jour en jour, *alors d'accord, c'est pas du Chanel, juste un parfum qui s'achète au supermarché, mais ça nous appartient, c'est à nous, on dirait qu'on a pas le droit de posséder quelque chose de personnel, ça vous énerve pas ?*

Elle espérait associer ses sœurs à son projet de rébellion.

Le pire, c'est que Najat n'essayait même pas de faire ça discrètement, elle s'aspergeait de parfum, en foutait partout sur ses vêtements et sur son foulard avant de venir se coller à côté d'Imane. *Mais bordel, elle se fout de ma gueule, elle se doute bien que je vais reconnaître l'odeur puisque c'est la mienne en fait. Elle me provoque, putain, je vais la défoncer à la fin.*

Oui, Najat s'en tapait, elle savait que Imane, Hannah et Malika seraient gênées de se plaindre, qu'elles se feraient engueuler par leur mère et avec raison, parce que ses cousines de France pourraient se racheter autant de parfum qu'elles voulaient, parce qu'elles avaient eu la chance de naître de l'autre côté, c'était incontestable. Najat sait que Brahim, même s'il n'est pas riche, a toujours plus de moyens que le sien de père, qui peine à finir le mois avec son salaire de 3 millions de dinars malgré l'ancienneté dans son boulot d'instituteur.

Najat se foutait de leurs problèmes identitaires et du racisme d'État, elle les écoutait à peine quand ils parlaient des discriminations que subissaient les enfants d'immigrés. Leurs pleurnicheries, elle s'en cognait. Najat, ce qu'elle voyait, c'est que ses cousines portaient du parfum *Démon* d'Eau Jeune, et pas elle.

Yamina ne prêtait guère attention aux petites querelles des filles, car *ses vacances*, elle les attendait toute l'année.

Impatiente de profiter de ses parents et de ses frères et sœurs, qui, mariés ou non, vivaient tous à proximité les uns des autres. Yamina rattrapait le temps perdu. Elle aimait observer son père. Il avait pris de l'âge, mais son regard bleu la bouleversait toujours.

À l'approche de l'heure du thé, il sortait dans le jardinet derrière la maison et coupait des branches de menthe fraîche avec son couteau Laguiole d'origine, celui-là même qu'il avait ôté de la poche d'un officier français capturé en 1959. Mohamed Madouri préparait le thé lui-même, c'était son petit rituel, et il servait toujours Yamina en premier, comme une faible et tardive reconnaissance pour cette fille qui, d'après ses propres mots, *valait ses six garçons*.

Le séjour des Taleb finissait au berceau, par un retour à la terre natale, du côté de Msirda Fouaga, tout près de la frontière marocaine, là où était enterré le père de Brahim, l'imam du village, autrefois.

Ça faisait une sacrée route, quatre heures à saigner le goudron dans un taxi collectif jaune de chez Peugeot avec un chauffeur pas très loquace. On ne s'arrêtait qu'une fois en chemin pour déjeuner à Maghnia, et acheter des épices. Le grand marché était un temple, et Malika y a souvent photographié les échoppes et leurs montagnes de couleurs.

À Msirda, il n'y avait plus grand monde, l'essentiel de la famille avait émigré du côté d'Oran pour trouver du travail. Fatima, la sœur aînée de Brahim, était la seule à être restée dans le coin avec son mari Abdelkader, leurs enfants et petits-enfants.

Fatima, on ne pouvait même pas lui donner d'âge, c'était *la vieille femme éternelle*.

Les enfants Taleb avaient donc un cousin qui avoisinait les cinquante ans, Sherif, et qui, arborant fièrement une moustache et un chapeau, portait son prénom à merveille. Il avait trois grands fils et des tout-petits aussi, ils passaient leur temps à courir sans objectif précis et à pisser partout.

Dans la mechta de la tante Fatima, il n'y avait ni montre, ni miroir, ni télévision. Le temps s'arrêtait littéralement. On mangeait la même chose tous les jours que Dieu fait : du pain de seigle, de l'huile d'olive, des figues, des œufs, des tomates, des poivrons, des figues de barbarie qui poussaient avec aisance autour de la maison, et des patates à l'eau.

Les enfants Taleb n'avaient pas d'autre activité que de dormir, marcher, grimper aux arbres, attraper des scarabées, faire quelques mètres à dos d'âne. Rien de plus stimulant.

Ils attendaient la veillée avec impatience, prenant bien soin de faire leurs besoins avant le coucher du soleil, derrière les cactus en dehors de la mechta, au milieu des poules, pour éviter d'avoir à faire ça en pleine nuit, parce que ça leur foutait la trouille toutes ces histoires de vipères et de chacals. L'ennui, c'est que les figues de barbarie à longueur de journée, ça donne la diarrhée.

Le soir venu, assis sur la natte d'alfa dans la cour, on écoutait la vieille tante, tout le monde était subjugué. Avec ses tatouages tribaux, sa gestuelle et sa voix rauque, elle ressemblait à une ogresse des contes anciens sous les lueurs de la lune. Fatima était un as des *hajiyates*, les histoires traditionnelles et autres devinettes qui se disent en rimes. Malika en a noté quelques-unes dans un carnet à spirales, elle trouvait dommage que ça se perde. Hannah, la magie de ces soirées à Msirda la faisait songer précocement à sa propre vieillesse et donc à sa mort : *C'est ici que je veux être enterrée, pas à Auber.*

Parfois, dans la nuit, on entendait des bidons d'essence s'entrechoquer, et les pas des cousins qui chargeaient la vieille Mercedes 190 E vert bouteille en toussant.

Msirda était aux portes du Maroc. Pour survivre, les fils de l'oncle Shérif s'adonnaient au trafic d'essence si peu chère de ce côté-ci de la frontière. Les cousins Dalton, comme les avait surnommés Hannah, vendaient leur mazout et s'approvisionnaient en kif.

Ils avaient proposé à Omar d'en fumer alors qu'il avait douze ou treize ans à peine et il avait refusé, un peu choqué. Les cousins l'avaient traité de lavette. Omar s'était vexé et il les avait regardés avec mépris en pensant : *Avec vos huit dents chacun vous parlez avec moi ?*

Il n'avait évidemment pas eu le cran de le dire à haute voix.

Pour la première fois, Omar songea à ce que serait son existence s'il n'était pas né à *Aubervilliers, clinique de la Roseraie, alias la Boucherie du 9.3*, si son père et sa mère n'étaient pas en exil, s'ils étaient restés là, en Algérie, sur leurs terres.

Il serait peut-être lui aussi devenu un gars de seize ans qui en paraît trente-neuf. Il aurait sans doute eu à vivre un déchaussement dentaire prématuré et des nuits à filer sur les routes de la contrebande.

Comme quoi, le destin.

COMMUNE D'AUBERVILLIERS
DÉPARTEMENT DE SEINE-SAINT-DENIS (93300)
FRANCE, 2020

Hannah a toujours un peu honte de voir une psychologue. Une fois par semaine.

Elle ne l'a dit à personne.

Elle fait croire à ses parents, à son frère et à ses sœurs qu'elle s'est inscrite à un cours de zumba, ça lui paraît plus acceptable.

Hannah a mis un paquet de temps à se lancer.

Assumer, elle n'y est pas encore.

Pour commencer, il lui a fallu déconstruire un tas d'empêchements internes, faire tomber des millions de barrières gigantesques.

Premier empêchement : *Je ne suis pas faible, je suis résistante, comme ma mère, je suis algérienne, je me relève seule, je n'ai pas besoin d'aide.* C'est quelque chose qu'elle pourrait tout à fait affirmer en levant le poing ou en secouant un drapeau algérien.

Contrairement à ce qui est dit un peu partout à propos de ce drapeau, il n'est pas un outil de provocation,

171

il incarne simplement la liberté arrachée au prix de nombreux sacrifices.

Hannah a eu du mal à admettre que ce n'est pas de la faiblesse de travailler sur soi pour devenir un meilleur individu.

Le deuxième empêchement, assez coriace, est d'ordre spirituel : *Je suis croyante et je ne demande d'aide qu'à Dieu.* Hannah a mis un moment à comprendre que l'aide de Dieu pouvait prendre la forme d'une psychologue installée dans un charmant cabinet du 11e arrondissement de Paris.

Et puis, elle souffre de dépenser de l'argent pour parler à une inconnue de *ses petites contrariétés*.

De l'argent, que jadis son père avait à gagner durement en descendant à la mine. Elle a eu du mal avec l'image bourgeoise que ça renvoyait, la condition de fille de trente-cinq ans pas plus malheureuse que ça, qui écrase son gros cul sur un fauteuil Alinea bleu canard d'une valeur de 430 euros pour se poser des questions existentielles. Elle se disait : *C'est ridicule putain, oui, j'ai deux trois trucs à régler, c'est vrai, mais c'est pas non plus l'horreur, je sors pas d'Auschwitz, j'ai pas été torturée au Congo, j'ai juste des petits problèmes qui font pitié.*

Voilà, avec la psy, il faudrait commencer par là, par le pire empêchement qui existe dans la vie de Hannah, la question de la LÉGITIMITÉ.

Hannah a souvent côtoyé des psys dans le cadre de son travail, elle bosse en équipe avec eux, pour encadrer les familles. Depuis dix ans, elle exerce le métier d'éducatrice spécialisée. Elle accompagne des jeunes en voie de réinsertion professionnelle, tous les jours, à Épinay-sur-Seine, elle croise des parents démunis, des enfants paumés, des encadrants épuisés, et des adolescents qui ne rêvent pas. Après dix ans à laisser sa peau dans ce boulot, ce qui la sauve, c'est l'âme qu'elle y met.

Hannah a enfin compris que, pour aider les autres, il faut commencer par s'aider soi-même.

En discutant avec une collègue, elle a aussi compris la nécessité pour elle de s'adresser à une personne qui la comprendra sur *qui on est*, une personne à qui elle n'aura *pas besoin de tout expliquer*, de tout traduire, de tout décortiquer, c'est déjà épuisant de porter son fardeau. Hannah, pour se délester, a besoin d'une professionnelle qui lui rendra les choses faciles, *pour une fois*.

Un mercredi de septembre, elle s'est adressée à madame Aït Ahmad, boulevard Richard-Lenoir, 75011 Paris.

À l'entrée du cabinet, il y a ce tableau immense qui représente un paysage du Sahara. L'ocre des dunes réconforte Hannah et lui fait momentanément oublier la sensation écœurante qu'elle s'apprête à trahir les siens.

Une culpabilité qui pèse plus lourd sur son cœur qu'un trois-tonnes sur le goudron de la A86.

Déballer son intimité, se raconter et mettre à poil son histoire est un aveu de lâcheté à ses yeux, la preuve qu'elle est incapable de faire face, alors que son pauvre baluchon d'ennuis intimes ne représente pas un dixième du fardeau de sa mère, qui, elle,

173

a gardé le silence, ne s'est jamais plainte. A surmonté une vie d'épreuves avec courage.

Hannah a honte, mais quelque chose lui dit qu'elle doit franchir cette frontière, et si ce n'est pas pour elle qu'elle le fait, c'est peut-être pour des enfants à peine en projet, même pas nés, encore flous, mais pour eux, elle se dit qu'elle doit faire la paix.

Parce que ses enfants, eux, ils ne pigeront plus rien à cette histoire. Et *qui on est* sera probablement encore plus compliqué à vivre. Toutes ces choses sourdes à l'intérieur, sûrement plus difficiles à démêler. Hannah est lucide, elle a compris qu'il faut cesser d'être incandescente.

Cette colère, ses parents se sont pourtant évertués à l'étouffer en eux. Ils se sont donné tellement de mal pour la dissimuler, pour en protéger Hannah, ses sœurs et son frère.

Yamina et Brahim ont beau faire semblant que tout va bien, que l'injustice se surmonte sans conséquences, les impacts même invisibles existent, et maintenant ils sont dans la chair de Hannah. Ils lui brûlent la peau, ces impacts. Et si «Carglass répare, Carglass remplace», un impact sur un pare-brise est plus facile à réparer qu'un impact dans son identité profonde.

Si elle se trouve un jour un abruti qui accepte de lui faire des gosses, Hannah ne veut pas qu'ils héritent de cette colère qui dévore les tripes.

Qu'ils héritent de leur histoire glorieuse ! Des récits de leurs luttes ! Qu'ils soient fiers d'être qui ils seront !

Eux, ils n'ignoreront pas qui est Djamila Bouhired, qui sont Yamina et Brahim, qui étaient Mohamed Madouri et sa femme Rahma, *paix à leurs âmes*, ils hériteront de la beauté des poèmes qui se récitaient sous les étoiles à Msirda Fouaga, et peut-être qu'enfin ils seront légitimes.

Hannah espère qu'eux, au moins, n'auront plus à se bagarrer.

Malika, en sa qualité d'officier d'état civil, recrutée-
sur concours de catégorie C, se doit de représenter l'État
français et d'incarner son impartialité, sa neutralité.

Mais derrière son bureau, cabine A, au premier
étage de la mairie de Bobigny, elle n'arrive toujours
pas à se laver de ce qu'elle est dans la vie. Elle peine
à avoir cette attitude neutre et distante qu'on lui
demande d'adopter avec la population.

Ce matin, devant ce vieil homme qui bégaie, ce
chibani aux mains abîmées, avec son pauvre béret,
tourmenté par des mots qui ne viennent pas, par une
langue qui lui échappe malgré ses longues années à
errer sur le territoire, Malika sort à nouveau de son
rôle.

Elle ne peut se résoudre à le regarder se noyer dans
son charabia sans lui tendre une main compatissante.

Elle sait bien qu'elle n'est pas censée parler arabe
avec les usagers, mais ce matin encore, elle switche
sur le verbe maternel pour permettre au vieillard en
face d'elle de se faire comprendre. Malika décide de le

177

libérer pour un instant, et les yeux épuisés de cet homme s'éclairent quand elle s'adresse à lui dans son dialecte.

On lui a déjà remonté les bretelles pour ça.

Malika a été dénoncée, elle croit savoir par quelle collègue : *Bianca*, une Martiniquaise, la bonne quarantaine, qui assurément n'honore pas la mémoire de son admirable compatriote Frantz Fanon en voulant faire appliquer mieux que bien des règles administratives injustes. *Malika a lu toute l'œuvre de Fanon.*

Elle ne l'a jamais confrontée à cette histoire de délation, mais Malika n'en pense pas moins, et elle la regarde de travers sans répondre à son bonjour du matin. Elle aimerait lui dire : *Non merci, tu peux te le garder ton café, sale balance.*

Depuis la convocation de Malika, Bianca se montre étrangement agréable. Malika ne lui a rien dit, mais elle la méprise pour cette ardeur à se rapprocher de la responsable, à se faire bien voir, à jouer l'élève modèle pour un futile encouragement, pour un pauvre susucre. Elle lui en veut de ne pas se ranger de son côté, parce que, normalement, Bianca devrait comprendre, elle aussi.

Pourquoi s'entêter à rendre les choses pénibles à ces gens quand on a un moyen de les aider ? Malika ne considère pas qu'elle viole sa mission de service public en faisant ça, bien au contraire.

Elle a évoqué cette histoire à table, en famille, lors du déjeuner rituel du samedi, et Yamina n'était pas contente du tout. Elle ne veut pas que Malika se fasse remarquer : *Tu viens à peine d'être embauchée, la mairie c'est un bon travail benti, l'ordinateur, la chaise, le chauffage, les fiches de paie, tu as tout ! S'il te plaît, reste discrète !*

Hannah, comme à l'accoutumée, a été la première à s'enflammer. Elle ne comprenait pas que sa mère ne soutienne pas Malika là-dessus, elle qui ne supporte pas l'injustice, et, toujours, cette histoire de discrétion qui revient sans cesse *sur le tapis*.

Y a des gens qui en sont morts de votre discrétion, ça vous suffit pas ? On n'a pas été assez discrets comme ça ?

Omar, lui, est pragmatique. Il demande à Malika : *C'est inscrit dans ton contrat que c'est interdit de parler arabe aux usagers qui ne maîtrisent pas la langue française ?*

Malika n'a même pas lu attentivement son contrat, trop contente d'être embauchée par la fonction publique territoriale, elle l'a signé sans sourciller.

Imane a ajouté : *Après, j'avoue, si le vieux avait été américain, et que tu lui avais expliqué des trucs en anglais, je pense que ça aurait dérangé personne.*

Hannah a acquiescé : *Ça c'est sûr ! Elle aurait eu une promotion, même !* Elle a dit ça de sa voix grave, éternellement exaspérée, en mordant dans un chausson à la viande.

Au premier étage de la mairie, la matinée est calme, rien à signaler, hormis peut-être ce père de famille d'origine turque, venu déclarer la naissance de son premier enfant, tellement ému que ses yeux se sont emplis de larmes alors qu'il épelait lentement le prénom de son fils à Malika, Gürkan : G-Ü-R-K-A-N, et qu'il ajoutait : *C'était le prénom de mon père, c'est un*

179

hommage, il est mort l'an passé. Malika a été touchée par la sensibilité de cet homme : *C'est dommage, ils sont jamais célibataires, les mecs comme ça. Tout ce qu'il reste de disponible, c'est des crétins sans cœur, alors ça par contre, ça court les rues.*

Heureusement, à l'état civil de Bobigny, les bureaux sont séparés, elle n'a pas à souffrir de la promiscuité d'un open space. Malika peut profiter des moments d'accalmie pour faire des microsiestes dont elle a le secret. Le reste du temps, elle bouquine ou elle *surfe sur le Web* sans but précis.

Malika se demande d'ailleurs si on emploie toujours cette expression : *surfer sur le Web.* C'est certainement devenu ringard, mais elle, elle dit encore *surfer sur le Web.* Malika a connu l'arrivée de l'ADSL, le tchat sur MSN et Lycos, un vieux moteur de recherche qui avait pour mascotte un labrador noir. Dans la publicité, une voix scandait : «Lycos va chercher !» Ou quelque chose dans le genre. Elle ne sait pas comment l'idée lui est venue, mais elle tape dans la barre de recherche Google : école du village de Sidi Ben Adda, 1964.

Elle se dit que ça fera plaisir à sa mère si elle lui trouve des souvenirs de son enfance en Algérie sur Internet. Malika se lance dans son exploration, mettant ses dossiers de côté, tant pis, elle finira le travail plus tard.

D'abord, elle parcourt quelques sites, mais rien ne retient son attention. Il n'y a que des choses très récentes et sans intérêt, genre des montages-photo de paysages.

Elle se souvient que Sidi Ben Adda, du temps des Français, ça s'appelait autrement, elle aura sans doute plus de chance si elle écrit : le village des Trois Marabouts. *C'est ça l'ancien nom, c'est ce que maman disait je crois.*

Alors Malika tapote : école du village des Trois Marabouts, Algérie, 1964.

Yamina raconte parfois des petites choses de son enfance.

Elle parle surtout de l'école, elle dit à ses gamins combien elle a adoré ça, *aller à l'école*, et elle se souvient d'une institutrice qui s'appelait madame Roque. Lorsqu'elle était petite et que sa mère parlait avec tendresse de cette madame Roque, Malika imaginait une madame ROCK, R-O-C-K, *rock'n roll*, habillée comme Elvis Presley et donnant ses cours de français en santiags dans une vieille salle de classe coloniale.

Bingo. Malika tombe enfin sur un blog, celui de l'Amicale des Trois Marabouts. En évidence, sur le haut de la page, les insignes du village. À peine commence-t-elle à parcourir ce blog qu'elle se rend compte qu'il fait passer sa mère pour une vilaine menteuse.

Il n'y a aucune trace de Yamina et de son enfance, aucun de ses récits n'y apparaît, pas le moindre de ses souvenirs n'est consigné là-dedans. Ce n'est définitivement pas l'Algérie de sa mère, dont il s'agit ici. En une fraction de seconde, Yamina est devenue Peter Pan, elle a grandi au pays imaginaire parmi les enfants perdus.

Malika parcourt toutes les catégories, elle ne trouve rien, que dalle, pas un détail réjouissant à se mettre sous la dent.

Il y a bien des images de l'ancienne mairie et d'un fourgon postal sur la route de la pépinière, une photo du foyer rural et du lavoir, la jeunesse insouciante des Trois Marabouts profitant de la plage, une liste exhaustive des noms des différents *plombiers, bouchers, maraîchers, métayers, et autres laitiers* qu'a comptés le village pendant des décennies.

On y apprend même que, pour sa dernière fête annuelle de 1954, le village a eu l'honneur de recevoir *Mendizabal, spécialiste du tango et virtuose du bandonéon.* Ça fait une belle jambe à Malika, qui prend la peine d'ouvrir une nouvelle fenêtre Google pour effectuer une recherche en parallèle : *BANDONÉON ? Ah ! c'est ça un bandonéon ! les petits accordéons comme ceux des Roms qui jouent sur la ligne 5 !*

En vérité, Malika trouve ça formidable que ces gens soignent leur mémoire. L'Amicale des Trois Marabouts a même organisé un pèlerinage dans la région d'Aïn Témouchent en 2013. Ces anciens pieds-noirs sont allés sur les traces de leur jeunesse. Elle a lu leur carnet de voyage et regardé tout ce qu'ils ont posté dans la section intitulée *sobrement* : POUR EN FINIR AVEC LA « NOSTALGÉRIE », UN RETOUR AU PAYS RÉUSSI ! Ils regrettent que l'église du village ait été transformée en mosquée, mais se veulent encourageants tout de même, *que c'est gentil de leur part*, puisqu'ils ajoutent : *Un pays qui se reconstruit ! Il a encore beaucoup à faire pour devenir «touristique» mais cela va venir !*

Malika est étonnée de lire tout ça.

Elle n'imaginait pas à quel point, eux, contrairement à elle, à ses sœurs et à son frère, *se sentaient chez eux* là-bas, elle les envie presque, *ça doit être bien, rien qu'une fois, de se sentir chez soi* quelque part.

Sur les photos de classe de 1964, répertoriées par le blog, Malika regarde ces fillettes en noir et blanc, toutes figées, avec l'espoir absurde de trouver, parmi ces visages, celui de sa mère. Peut-être qu'au milieu de ces noms de famille, *Gimenez, Navarro, Lopez* ou *Bensoussan*, elle tombera sur celui de Yamina : *Madouri*, M-A-D-O-U-R-I, ce nom, qui lui aussi mériterait d'être inscrit, d'être consigné dans un registre, ce nom qui lui aussi mériterait qu'on s'en souvienne et qu'on le mentionne avec émotion.

Elle aurait tant aimé reconnaître Yamina, sa candeur, ses yeux miel, sur l'une de ces photographies.

Malika ne saura jamais à quoi ressemblait sa mère avant ses trente ans, avant cette photo d'identité prise pour le passeport, en 1981, juste avant son arrivée en France, sur laquelle elle a une mine brisée, et le col d'un faux vison qui dépasse, c'était la mode.

Malika apprend pas mal de choses sur l'histoire des Trois Marabouts, tout est rapporté de façon très précise par les auteurs du blog : les dates, les noms, les lieux, les liens et les alliances entre les différentes familles. Elle est impressionnée par le sérieux avec lequel ils ont gardé toutes *les preuves* de leurs existences.

On y a même posté la reproduction du premier acte d'état civil du village, *un certificat de décès de 1881.*

Comme si l'homme qui y figure était *le premier homme à être mort sur ces terres.*

Soudain, Malika se sent triste, c'est sourd, c'est dans le ventre ; comme si elle réalisait pour la première fois que ses aïeux, puisqu'ils ne sont mentionnés nulle part, n'avaient jamais existé.

Elle se voit brusquement comme un fantôme, issu d'une longue lignée de fantômes. Malika le sait pourtant qu'ils ont bel et bien existé, ses ancêtres, et que leur histoire aussi est bel et bien réelle.

Mais personne n'a pris la peine de l'écrire, cette histoire, personne n'a noté leurs noms, personne n'a consigné les dates, personne n'a compté leurs vivants et leurs morts, surtout pas leurs morts.

On ne les a pas photographiés tout sourires devant leurs maisons, avec leurs enfants et leurs espoirs tout simplement parce qu'ils leur avaient été confisqués.

Leurs vies se sont discrètement éparpillées dans la poussière.

Il faut se contenter d'une histoire fragmentée, de cette mémoire en morceaux.

La jeune femme comprend aujourd'hui que son héritage est un puzzle.

Et même si Yamina a fait de son mieux pour leur transmettre quelques-uns de ces fragments, c'est à ses enfants, à Malika et aux autres, de les rassembler à présent.

BAR JOSÉPHINE
45, BOULEVARD RASPAIL – PARIS (75006)
FRANCE, 2020

Omar n'en finit pas d'essuyer les paumes de ses mains moites sur son jean Celio Regular C5 taille 42. Il a fait l'effort de sortir sa paire de chaussures en daim, qu'il n'a mise qu'une fois, en 2015, à l'occasion du mariage de Hassan Benahia, un type qui était dans sa classe au collège Gabriel-Péri, et à qui il manque deux doigts, perdus bêtement pendant une formation en menuiserie/ébénisterie.

Les pompes sont comme neuves.

Omar porte aussi une chemise Zara, pas trop mal coupée, bien repassée et qui sent le Lenor bleu envolée d'air, l'adoucissant préféré de Yamina.

Merci maman, bon sang mais qu'est-ce que je ferais sans elle ?

Omar a vérifié sur le site Internet du bar, et dans la section Informations, il est bien mentionné au code vestimentaire : tenue de ville, bon, c'est plutôt évident qu'il n'allait pas s'amener avec son survêt du Bayern de Munich et avec ses Reebok Royal Ultra achetées 40 balles chez Go Sport. Sur le site, il est aussi

185

précisé : *Les chiens de moins de 10 kg sont les bienve-nus.* Plutôt rassurant tout ça.

Enfin, Omar a décidé d'aller au Lutetia.
C'est ici qu'il a donné rendez-vous à Nadia ce soir.

Il est entré dans le palace comme un suspect, avec sa figure qui s'excuse, ses yeux qui disent pardon pour l'affront, désolé d'avance. Il est entré au Lutetia, lui, sa gueule de pauvre et les manières qui vont avec.

À la grande porte, un employé lui dit poliment : *Bonsoir monsieur, bienvenue*, et ça donne déjà envie à Omar de faire demi-tour. *C'est bizarre, ça ressemble à un piège.* Il ne s'est jamais senti aussi mal à l'aise de sa vie entière.

Omar traverse le hall somptueux, profitant à peine du spectacle, il marche avec précaution, un pas après l'autre, paranoïaque comme Henry Hill à la fin des *Affranchis*, son film préféré, comme s'il s'attendait à faire sonner une alarme, à affoler un portique, une bar-rière quelconque, persuadé qu'il va se faire coincer à un éventuel contrôle de sécurité. *Ils ne vont pas me laisser passer si facilement ?*

Avant de descendre de la voiture, prudent, il s'est assuré d'avoir bien sa pièce d'identité avec lui, prêt à la dégainer. C'est le *réflexe Aubervilliers*, on garde toujours ses papiers sur soi, merci la BAC de nuit.

C'est comme si Omar se préparait à être démasqué, à entendre quelqu'un crier : *Attrapez-le ! C'est un imposteur !*

Omar entre dans la peau d'un personnage pour se donner du courage, dans un rôle qui l'oblige à paraître

186

confiant, mais c'est tout le contraire que ça produit. Il sent bien qu'il n'a pas plus de contenance que Billy, le jeune Américain énervant qui cache de la drogue sous ses fringues, à l'insu des douaniers turcs, au début de *Midnight Express*.

Omar a une sacrée collection de films grâce au téléchargement illégal.

Le Bar Joséphine est vraiment magnifique. Le jeune homme est soufflé. Omar vient de comprendre, en inspectant la déco, que le nom du bar est un hommage à Joséphine Baker qui a été une fidèle cliente du Lutetia, alors ça, il ne s'y attendait pas non plus. Elle était noire, non ?

Il aime beaucoup sa chanson : « J'ai deux amours ». Quelque chose lui parle là-dedans, l'air de rien, les paroles résonnent en Omar.

> *On dit qu'au-delà des mers*
> *Là-bas sous le ciel clair*
> *Il existe une cité*
> *Au séjour enchanté*
> *Et sous les grands arbres noirs*
> *Chaque soir*
> *Vers elle s'en va tout mon espoir*
> *J'ai deux amours*
> *Mon pays et Paris*
> *Par eux toujours*
> *Mon cœur est ravi*

Mais lui, ce n'est pas à Manhattan qu'il pense.

Pour Omar, ce serait plutôt : « *J'ai deux amouuuurs, l'Algérie et Pariiiiis* ». Comment se fait-il que personne n'ait pensé à faire une reprise ?

Joséphine, en tout cas, personne ne lui a demandé de choisir entre ses deux amours, et elle n'a jamais été menacée de déchéance de nationalité non plus.

En attendant l'arrivée de Nadia, le jeune homme commande à boire. Il faut préciser que le serveur lui a tendu une carte en anglais, ce qui a étrangement flatté Omar.

Aussitôt, il repère la catégorie «alcohol free» et commande le cocktail le moins cher, sans même vérifier la composition. *Enfin, le «moins cher», 21 euros quand même, et ils ont osé mettre le nombre de centilitres à côté du prix : 14 ! Putain, 21 balles les 14 cl, eh bah ils se font pas chier, allez mon grand, montre pas que t'es surpris... mais quand même ça fait 1,50 euro le centilitre ! Le prix d'une canette de Coca en 33 cl à la boulangerie du Fort d'Auber. Compare pas, c'est n'importe quoi, on dirait le daron, là.*

Par hasard, il se trouve que son choix s'est porté sur le cocktail affublé du nom d'une autre chanson de Joséphine : *Je ne veux pas travailler*. Il est sur le point de changer de boisson, *ça fait trop arabe paresseux si c'est lui qui commande ça*, le cocktail perd soudain de son prestige, *je ne veux pas travailler*, dans la bouche d'Omar, ça sonne RSA, mais au vu du prix des autres cocktails, il reste sur son premier choix.

Omar sirote son verre très lentement.

Il jette un œil sur la carte des plats, au cas où. Si ça se passe bien avec Nadia et que la soirée se prolonge, elle aura sûrement faim. *30 euros les huit pièces de maki au crabe, 24 la planche de fromages, 18 les rillettes de saumon et pain de campagne.*

188

Omar n'ose même pas convertir tout ça en nombre de courses Uber. Il a le même réflexe que Brahim, mais au lieu de tout convertir en dinars, il convertit tout en courses Uber : *54 euros, ça fait une course en heure de pointe, porte de Bagnolet-Orly Ouest. Bon, bah, Inch'Allah qu'elle a pas faim.*

Omar sourit, il ne sait pas pourquoi, il se remémore cette fois où, à une fête d'anniversaire, la musique est à fond, il parle avec une fille, et ils doivent crier tous les deux pour s'entendre. Ils ont l'air con comme toujours dans cette situation, elle lui demande : *Tu fais quoi dans la vie ?* Il répond : *Je suis Uber*, elle croit qu'il se présente, alors elle rétorque : *Ah pardon, on s'est pas présentés, enchantée Hubert, moi c'est Amal. C'est marrant t'as pas une tête à t'appeler Hubert.*

Nadia fait enfin son entrée dans le bar.

Son élégance dans sa robe fluide est indiscutable, c'est une robe H&M qu'elle a payé 24,90 euros pendant les derniers soldes, mais elle lui donne l'allure d'une pièce de créateur.

Ses yeux charbon feraient baisser les siens à Joséphine Baker si toutes les deux faisaient une baston de regards.

Cette arrivée fracassante donne le vertige à Omar.

Sa façon de traverser le bar, de slalomer entre les tables, raconte que Nadia, elle, est débarrassée de tout complexe. Qu'elle n'a pas envie qu'on discute *sa place dans le monde*.

C'est sûr, il est amoureux de cette fille.

Elle s'excuse de son retard et lui fait la bise, quand elle s'approche, ça sent comme le cinéma de son enfance avec ses sœurs, un mélange de barbe à papa et de pop-corn caramélisé.

Nadia regarde autour d'elle, elle dit un ou deux trucs marrants sur les clients guindés, et sur la figure toute botoxée de la Russe assise à côté d'eux. Elle parcourt la carte des cocktails, lève un sourcil et regarde le verre d'Omar, vide à présent : *Si t'as fini, on n'est pas obligés de rester là tu sais.*

Le jeune homme est décontenancé. *Ça te plaît pas, cet endroit ?*

Bien sûr que ça lui plaît, c'est très beau : *Mais franchement, ils abusent non ?* Elle sourit à Omar, lui pose une main sur le genou : *Je te mets à l'aise tout de suite, pas besoin de m'en mettre plein la vue, tu sais je m'en fous, en plus j'ai hyper faim, j'ai pas eu le temps de déjeuner, on va pas payer 24 balles pour six acras de morue. Allez viens, on bouge.*

Omar est embarrassé de partir comme ça. Il a eu du mal à y entrer, mais quitter le Lutetia est tout aussi difficile pour lui : *T'es sûre ? Ça se fait ?* Nadia se lève, remet sa veste et éclate de rire : *On va se gêner, tiens !*

Omar et Nadia quittent le lieu et finissent la soirée chez un traiteur libanais beaucoup plus accessible.

Il a compris que c'était *elle*, il a toujours trouvé les histoires d'amour absurdes avant *elle*, il pensait qu'il était laid avant qu'*elle* le regarde comme ça, il s'est mis à être quelqu'un hors du regard de Yamina. Omar a relevé le menton ce soir.

Il peut enfin aimer une femme, se montrer lui-même et se laisser aimer en retour. Ce n'est pas une histoire de *timing*, ni d'*expérience*, ni de *chance*, c'est juste qu'il fallait attendre de la trouver *elle*.

Service de stomatologie
et chirurgie maxillo-faciale
Groupe hospitalier Pitié-Salpêtrière
Paris (75013)
France, 2020

Imane a tendance à fuir les difficultés. Elle a repoussé au maximum l'échéance pour l'extraction de sa dent de sagesse, la numéro 28.

Maintenant que ça frôle le nerf, et qu'elle n'en dort pas de la nuit, elle n'a pas le choix. Le Doliprane 1 000 mg et l'Advil Caps, ça ne lui fait pas plus d'effet qu'un bonbon.

Il a fallu prendre un rendez-vous en urgence au service des petites interventions de la Salpêtrière, il paraît qu'ils ont de bons stomatos. La jeune femme est douillette, c'est de notoriété publique. Ce qu'elle craint le plus, c'est la piqûre dans la gencive pour l'anesthésie locale. Même à trente et un ans, aujourd'hui, Imane a besoin de sa maman à ses côtés quand elle va chez le dentiste.

Comme toujours, quand l'un de ses enfants aspire à être soutenu, Yamina répond présente. Elles ont traversé Paris, d'abord la ligne 7 jusqu'à l'arrêt Gare de l'Est, puis la 5 jusqu'à Saint-Marcel. Yamina, qui est sensible aux odeurs, a souvent envie de vomir dans le métro, elle préfère le bus pour ses rares déplacements en ville.

Mais pour Imane, elle a fait l'effort, s'aidant de son petit tube de musc à bille, elle pose une touche de parfum sur ses poignets, qu'elle renifle régulièrement pour faire passer l'écœurement.

Dans la salle d'attente, pas grand monde, on est en pleine semaine, début d'après-midi.

Imane a pris un congé, une demi-journée obtenue avec difficulté, à croire que la responsable de Maxi Toys a vraiment un problème personnel avec elle, on dirait qu'elle lui en fait baver volontairement. Jamais elle ne lui facilite les choses, elle est toujours après Imane, à la surveiller, à chronométrer ses temps de pause, et si Imane a le malheur de lui demander une journée, ce qui n'arrive que très exceptionnellement, elle rechigne.

Comme elle voit des symboles partout et qu'elle croit beaucoup à la somatisation, Imane a pensé : *Ça, c'est à cause d'elle, c'est parce qu'elle a une dent contre moi.*

Yamina regrette qu'Imane ne soit plus à la maison : *Si tu vivais encore chez nous, je pourrais m'occuper de toi, te faire des soupes... Tu es sûre que tu ne veux pas revenir quelques jours après l'opération, le temps que ça passe ?*

Imane répond seulement : *Je sais pas, on verra*, ce qui est l'équivalent du *Inch'Allah* de sa mère. Elle se souvient que ça l'insupportait quand elle était jeune.

Si Dieu veut, ça, on peut jamais le savoir.

L'inquiétude grandit, Imane a le trac, ça fait déjà vingt minutes qu'elles attendent. Yamina remonte le moral de sa fille cadette comme elle peut.

Elle lui raconte sa première extraction dentaire, à l'époque où sa famille était réfugiée au Maroc.

Oh non maman ! pas l'histoire de l'arracheur s'il te plaît, c'est peut-être pas le moment, là ! Ça commence toujours comme ça : *J'ai accouché de quatre enfants, et je n'ai pas eu aussi mal que ce jour-là. Y avait ni anesthésie, ni stérilisation, ni antibiotiques, ni rien...*

CABINET DE MADAME AÏT AHMAD,
BOULEVARD RICHARD-LENOIR, PARIS (75011)
FRANCE, 2020

Alors, je suis assise à une table du Pékin Express, enfin ça s'appelle plus comme ça maintenant, le restaurant a été racheté, mais avant, c'était le Pékin Express, un des premiers chinois halal, ça se trouvait pas loin du commissariat, ils faisaient des super bonnes nouilles sautées au bœuf, je me rappelle. Je vous parle de ça, j'y allais dans les années 2009, 2010, c'est vieux, hein. Je sais même pas pourquoi j'ai rêvé de cet endroit. Donc j'y suis avec des copines, des filles du lycée en plus, que je vois pas depuis des années, on est ensemble, on passe un bon moment. On mange des nouilles sautées et on se goinfre de nems. Sur la table, y a des pyramides de nems, on mange vraiment bien. On rigole et tout. On se sent bien, quoi. C'est un moment convivial.

Et puis, tout à coup, on entend du bruit, des sirènes, des pneus qui crissent. On voit comme un convoi de cars de CRS qui se garent en file devant le restaurant. Je remarque que tout le monde panique, je vois Sofiane, le patron, effrayé, il sort vite une tondeuse de dessous la caisse, il la branche et il se met à tondre sa

197

barbe, parce qu'à l'époque Sofiane ça a été un des premiers à se la faire pousser, je me souviens. Et moi, je le vois faire, et il se tond n'importe comment dans l'affolement, il saigne, y a des touffes de barbe qui tombent dans le wok devant lui.

Les autres clients se lèvent et prennent la fuite, certains se cachent sous les tables, et moi je comprends rien à ce qui se passe, je dis à Sofiane : « Oh ! mais qu'est-ce que tu fais ? Arrête ! Pourquoi tu fais ça ?!! »

Je vois qu'il se tond en pleurant, il est terrifié.

À ce moment-là, les CRS entrent brutalement, en donnant des coups de pompe dans la porte, on ne voit pas bien leurs visages, ils ont des cagoules, comme les brigades spéciales, là. Ils tirent en l'air, y en a un qui crie : « À TERRE ! MAINS SUR LA TÊTE ! » alors je me couche.

Y a une dame près de moi, avec son foulard blanc, couchée aussi, les mains sur la tête, elle se tourne et je m'aperçois que c'est ma mère, alors elle me regarde et elle me fait chut ! comme ça avec l'index sur la bouche, et moi je dis : « Mais maman pourquoi chut ? On a rien fait ! »

Les flics se mettent à rouer de coups des gars dans le restaurant, leurs collègues emmènent Sofiane après lui avoir fait une clé de bras et l'avoir menotté. Je vois qu'ils lui font mal.

Ensuite, y a des militaires qui arrivent, des gradés, que des vieux avec plein de médailles accrochées sur le torse. Ils ont des mitraillettes et ils nous visent. Le premier vieux, c'est Jean-Marie Le Pen, mais pas le Le Pen de maintenant, le Le Pen d'avant, celui des années 1980, là, avec son bandeau de pirate. Je vois qu'il rigole, il a l'air trop heureux. Il se met à canarder, il tire sur des jeunes, au hasard, dans la tête, à bout portant, comme dans un jeu vidéo, y a du sang qui gicle partout, il en fume trois ou quatre d'affilée.

Moi je suis toujours à terre, terrorisée, je comprends rien. Je regarde ma mère, elle récite le Coran, tout doucement, comme ça, elle chuchote, on l'entend à peine.

À ce moment-là, le deuxième vieux s'approche d'elle, il s'accroupit et lui pose un genou sur le crâne. Il lui écrase la tête au sol, elle peut à peine respirer, je regarde son visage au vieux et je reconnais le général Aussaresses avec son truc à l'œil, celui qui a torturé des gens pendant la guerre d'Algérie, et qui l'a dit à la télé, jusqu'à sa mort il a assumé, et donc je le vois écraser maman et je me mets à hurler : « LÂCHEZ-LA ! » Je hurle de toutes mes forces : « LÂCHEZ MA MÈRE ! »

Et lui, il me regarde fixement avec son œil en continuant d'écraser la tête de ma mère contre le sol, et il me dit en souriant : « Je suis venu finir le boulot », après quoi il me tire dessus dans le front. Boum.

Tous les enfants ont leurs propres monstres.

Hannah en est à sa quatrième séance chez la psy.
Elle lui parle beaucoup de ses cauchemars.
Madame Aït Ahmad lui a plu immédiatement, elle lui inspire confiance, *et ça se voit qu'elle comprend tout.*

Hannah fait souvent des rêves de noyade aussi.

Par exemple, elle se débat dans l'eau glacée de la Seine, et autour d'elle flottent des tas de corps sans vie, des centaines d'hommes, la tête immergée. Chaque fois qu'elle en retourne un pour l'identifier, elle s'aperçoit que c'est son père, et que son visage est en train de s'effacer. Elle essaie de le sauver, de le sortir du fleuve, avant que le visage ne s'efface complètement, mais elle ne sait pas très bien nager elle-même, quand elle arrive péniblement au bord, c'est trop tard, le visage est gommé, et ça se termine toujours de la même façon.

Qu'est-ce qu'elle doit faire de toutes ces histoires qui la hantent ? *La guerre d'Algérie, le 17 octobre 1961, les ratonnades, les émeutes, les bavures, les histoires de contrôle d'identité qui tournent mal dont on lui parle au boulot.* Qu'est-ce qu'elle doit faire avec ce sentiment que l'histoire se répète ?

Hannah sait qu'elle est *particulièrement sensible.* On lui répète tout le temps ces mots, *sensible, impulsive.* Elle sait bien que cette chaleur qui monte, cette colère immense, elle est la première à en faire les frais.

Elle voudrait apprendre à l'apprivoiser, mais cette violence-là ne vient pas de nulle part, les images de ses cauchemars, elle ne les invente pas, ça a existé, et ça existe encore.

Ça lui fait du bien d'entendre : *C'est normal, cette violence fait partie de votre histoire, vous portez en vous la violence et les humiliations vécues avant vous, d'une certaine façon, vous en héritez. C'est normal que vous soyez en colère, cette colère qui a été longtemps*

réprimée, tout ça, c'est très injuste, et l'injustice, de
fait, ça met profondément en colère.
    Mais vous ne pouvez pas porter seule tout ce poids.
Vous ne pouvez pas réparer seule l'offense.
    Réparer l'offense.

    Ces mots ont résonné en Hannah comme une véri-
table révélation. Enfin, elle a des mots.
    Elle a toujours le sentiment de devoir réparer l'of-
fense subie par ses parents. Et ce que Hannah ne
supporte pas, c'est l'idée qu'un jour ils seront enterrés
sans avoir eu la reconnaissance qu'ils méritent.

    Si elle ne s'en charge pas, qui le fera ?

Brahim Taleb est un homme surprenant.

Pas une année ne passe sans qu'il offre des fleurs à Yamina pour la Saint-Valentin.

En général, un bouquet de dix-huit roses rouges acheté chez Hana Flor, les Chinois de l'avenue de la République, à côté de la polyclinique de la Roseraie (*alias* la boucherie du 9.3).

Chaque année, Yamina, gênée, dit à son mari : *Pourquoi tu dépenses ton argent ? C'est une fête de Français, ça ! C'est pas pour nous !* Brahim aime faire plaisir à sa femme, il connaît Yamina, elle dit toujours ça, mais il voit bien qu'elle rougit, elle crâne un peu et va vite mettre les fleurs dans un vase, après ça elle est toute gentille avec lui.

De temps en temps, il lui glisse un billet de 20 euros dans les pages de son Coran. Comme ça, elle peut s'acheter des bricoles au marché. Yamina trouve le billet là, à l'aube, alors qu'elle est plongée dans la lecture des versets de sourate *Al Kahf*. Elle sourit, attendrie.

Il faut avouer que les attentions de Brahim ne sont pas totalement désintéressées, il raffole des compliments de ses filles, auxquelles Yamina raconte tout. Elles viennent l'embrasser sur la tête pour le remercier des gestes qu'il a pour leur mère, lui rappeler que *c'est lui le meilleur*. Elles sont fières d'avoir un *daron romantique*. Ce n'est pas monnaie courante.

Hannah s'en vante auprès de ses copines : *C'est trop mignon, mon père c'est un vrai canard.*

Un homme de sa génération, fils de paysan algérien, né dans les années 1930, un gars des mines, des foyers, des chantiers, n'est pas supposé être doux et amoureux de sa femme. Il n'est pas supposé lui offrir des roses rouges ou des lys, ni demander aux enfants de *se serrer la ceinture* pour économiser de quoi acheter à leur mère un beau cadeau d'anniversaire, souvent un bijou ou un parfum.

Brahim ne dit pas nécessairement les mots qu'il faut, il est un peu grincheux parfois, et il veut manger tout le temps, mais c'est un très bon mari.

Les enfants Taleb n'ont jamais entendu Brahim ne serait-ce qu'élever la voix sur leur mère. Il n'a pas été infidèle, n'a jamais eu d'histoire de deuxième femme au bled, ni d'enfant à moitié breton qui sonne à la porte à dix-huit ans pour retrouver son papa.

Brahim a toujours aspiré à la tranquillité, et son réconfort est dans le cœur de Yamina.

Yamina a fini par l'aimer, lui et ses manières gauches, sa moustache, sa grosse voix, ses baskets à scratch pointure 42, Yamina ne comprend pas qu'un homme adulte continue de mettre des chaussures à scratch ; quant à Brahim, il ne comprend pas pourquoi on perd autant de temps à nouer des lacets.

Elle a appris à aimer sa façon de rire en claquant des mains, ses vestes trop larges, et même ses manies de gros fumeur et de joueur de tiercé. Encouragé par sa femme, il a fini par arrêter la cigarette à soixante-trois ans.

Un matin, il a posé ses gauloises sans filtre sur la télévision, elles y sont restées plusieurs jours, sans qu'il y touche. Brahim a défié le paquet bleu du regard pendant presque une semaine. Lorsqu'il s'est senti prêt, il l'a jeté à la poubelle, il a aussi abandonné le tiercé dans la foulée.

Tout de même, il se garde des petits plaisirs : mettre du parfum (le même depuis quarante ans : *Rêve d'Or*), prendre son café crème au Casanova, avenue Jean-Jaurès, écouter ses cassettes de Dahmane El Harrachi, regarder des westerns à la télévision et, bien sûr, passer à table, car Brahim adore vraiment manger.

Comment voulez-vous que Malika, Hannah ou Imane se casent ?
Ils ont tous l'air nul à côté de leur père.

Il est assis là, devant elle.

Il pleure.

Mais pas quelques larmes qui coulent dignement.

Il chiale, quoi.

C'est à la limite de la suffocation.

Il regarde dans le vide, sidéré comme s'il venait de trouver sa mère pendue dans le grenier.

Il ponctue ses sanglots par quelques phrases : *J'comprends pas, j'pensais que, j'croyais qu'il y avait quelque chose de fort entre nous.*

Imane le regarde sangloter avec un certain écœurement. Elle est médusée qu'on puisse manquer de fierté à ce point, elle ne ressent aucune forme de compassion. Elle est au degré zéro de l'empathie. Comme à sa sœur Hannah, le manque de virilité lui pose un véritable problème. Elle a pensé : *Eh bah, si demain y a une guerre en France, on est mal barrés avec ce genre d'énergumène.*

Elle croyait avoir été claire. Imane a dit à Thomas, comme à tous les autres : *J'te préviens, pas la peine d'espérer que je m'engage.*

Imane reproche beaucoup de choses aux garçons arabes qu'elle a fréquentés. Parfois, elle déteste leur pensée archaïque, leur autorité, leur facilité à se faire servir et leurs manières trop viriles. Mais, à trente et un ans, elle a compris qu'elle préférait trop de virilité à pas assez. Voir Thomas pleurer dans son salon, en croisant les jambes façon Sharon Stone dans *Basic Instinct*, ça la répugne. Il lui fait un remake en live : *Babtou Instinct*.

Il est là, avec ses chaussures aux pieds. Ça aussi, ça fout Imane à bout. Il n'enlève jamais ses pompes quand il entre chez elle. *Bordel, y a pas besoin d'expliquer ce genre de choses quand même...* Elle n'aurait pas besoin d'expliquer ça à un Japonais.

Elle n'aime pas non plus qu'il oublie sa bouteille de vin dans le frigo ou qu'il fasse des sarcasmes sur la religion. C'est vrai que Thomas est un gentil garçon, agréable et facile à vivre, impossible de se disputer avec lui.

Il avait des tas d'attentions envers elle qui ont retardé sa chute. Il lui préparait de bons repas, l'emmenait danser, la complimentait souvent et ne piquait jamais de crises de jalousie. Malheureusement, l'électro-cardiogramme est resté plat.

Il ne s'est rien passé de *spécial*. Imane n'arrivait pas à l'admirer.

Il a suffi qu'un mec lui cherche des noises dans un bar et qu'Imane le voie se dégonfler et baisser les yeux en s'excusant pour que tout s'évapore. *Il avait peur de se battre.*

Tout à coup, il l'a dégoûtée littéralement, elle avait même honte qu'il marche à côté d'elle. Elle n'osait plus le regarder en face. Elle l'a planté là pour rentrer chez elle. Elle a éteint son téléphone, ignorant les dizaines de SMS envoyés dans la nuit.

Son rapport à l'argent, pareil, *chacun pour soi et Dieu pour tous*, toujours à tout compter, à mettre sa part, à donner l'appoint, toujours avec ses *On fait moit'-moit'* ?

Pourtant, lui n'a pas besoin de calculer, ce n'est pas comme Imane constamment à découvert, Thomas gagne très bien sa vie, à trente-cinq balais, il est déjà propriétaire de son appartement (anciennement celui de sa mamie qui a trépassé au bon moment). Combien de fois s'est-elle dit : *C'est pas un bonhomme, sinon il me laisserait pas galérer comme ça.* Elle pense à tout ça en le regardant chialer : *Bordel, mais il a vraiment pas de figure, ce mec, comment j'ai fait pour lui donner l'heure, à lui ? Après seulement deux mois de relation, il se met dans cet état... Mais si on était restés deux ans ensemble, ça aurait donné quoi ? Il se serait ouvert les veines dans la baignoire !*

Imane en vient à une triste conclusion.

Elle se croit trop particulière pour trouver quelqu'un qui lui correspond. Elle finira avec une douzaine de chats aux noms ridicules qui l'aideront à surmonter sa solitude et laisseront des poils sur ses cols roulés noirs.

Trop indépendante pour certains. Pas assez pour les autres.

Elle soutient la liberté d'expression mais n'est pas *Charlie* pour autant. Elle est musulmane et féministe. Elle est française et algérienne. Elle n'a les cheveux ni lisses ni bouclés. Elle est *vegan* quand ce n'est pas *halal*. Elle est moderne et réactionnaire. Elle est tout et son contraire.

Imane vit dans un monde qui n'est pas prêt à accueillir sa complexité.

Oh non. Pas ça. Pas encore.

Comme dans tant d'autres familles françaises de confession musulmane, les Taleb se soutiennent le front, les yeux hagards, devant les images terribles et les bandeaux qui défilent sous l'écran. C'est à peine croyable et pourtant, on commence à s'habituer.

Après l'effroi, l'empathie pour les victimes et leurs familles, la peur, la tristesse et tout ce qu'un citoyen non dénué d'humanité peut ressentir, il y a les questionnements. Il y a ces choses qu'ils se disent trop vite.

Faites que ce ne soit pas un « Arabe ».

Tous les enfants Taleb se disent ça.

Ils savent déjà qu'ils seront vite écartés du deuil national.

Il leur sera confisqué, une fois de plus.

Ils ont à peine le temps d'encaisser la tragédie, qui parfois s'est passée sous leur nez, à Saint-Denis, à

211

peine le temps de sortir de la sidération, à peine le temps de comprendre la folie qu'ils sont déjà rangés du côté des accusés.

Vient alors le moment de se *DÉSOLIDARISER*.

Il leur sera demandé très officiellement de descendre dans la rue, mais dans un cortège à part, celui des *musulmans d'apparence*, pour dire : *Ne vous inquiétez pas, nous ne sommes pas comme eux.*

Il n'y a pas de *Mode d'emploi à l'usage des musulmans pacifiques*, pas de *Manuel de désolidarisation en cas d'attentat terroriste* sur le site de la FNAC.

Pour les Taleb, et les autres, il n'y a pas de règlement. Si être simplement affecté en tant qu'être humain et que citoyen ne suffit pas à convaincre, que doivent-ils faire ?

S'assimiler ? Revendiquer davantage leur identité française ? Chanter plus fort *La Marseillaise* ? Changer de prénom ? Adhérer à un parti d'extrême droite pour gagner une légitimité indiscutable ? Quand bien même, seraient-ils au-dessus de tout soupçon ? *N'est-ce pas là une démarche encore plus suspecte ?*

Les enfants Taleb en parlent à table lors de leur rituel déjeuner du samedi.

C'est toujours Hannah qui tranche : *C'est une question de bon sens, quand on est légitimement français, on n'a pas besoin de le prouver, encore et encore !*

Et s'ils savent qu'il faut montrer patte blanche, c'est qu'on le leur demande. Cette injonction stupide leur est faite immédiatement, en pleine émotion : *Désolidarisez-vous.* Des hommes politiques, des philosophes, des journalistes demandent aux musulmans de sortir du rang.

Les Taleb, comme tant d'autres, ne partagent pas les croyances des terroristes.

Eux, ça leur paraît évident. Ils n'ont rien en commun avec ces monstres, si ce n'est leur nom *à consonance*, et leurs gueules de métèques, qui, elles, contrairement à leur histoire, ne s'effacent pas.

Un peuple uni ne se divise pas pour pleurer ses morts.

C'est même à ça qu'on devrait le reconnaître.

Cinq cents kilomètres et cinq cents mètres pile séparent Aubervilliers, Seine-Saint-Denis, de Pillac, Charente, mais pour les Taleb, c'est une distance bien plus importante qu'ils ont à parcourir. Pour eux, ce n'est pas simplement un nombre, un écart d'ordre géographique : c'est un monde qu'il y a entre eux et Pillac, en Nouvelle-Aquitaine.

Pour la première fois, Yamina et Brahim s'autorisent à prendre de vraies *vacances*. Cette année, ils ont interrompu le rituel de leurs congés d'exilés, invariablement le même depuis quarante ans.

Depuis la mort des grands-parents, de certains oncles, des grandes-tantes, et l'éparpillement général de la famille, le cœur n'y est plus. Yamina ne s'est jamais tout à fait remise du décès de son père, le beau Mohamed Madouri, qu'un AVC a foudroyé quelques années auparavant. Sa mère Rahma n'a pas tardé à suivre son mari, comme elle l'a toujours fait. Yamina a perdu ses deux parents à quelques mois d'intervalle.

215

Elle est allée seule à l'enterrement de son père, il fallait trouver un billet d'avion dans l'urgence, et, malgré tous leurs efforts, les filles Taleb n'ont pas réussi à lui débrouiller un vol pour assister à l'inhumation. Quand l'avion a atterri, il avait déjà été mis en terre. Yamina était inconsolable de ne pas être arrivée à temps pour regarder une dernière fois son visage.

Si seulement elle ne vivait pas dans ce maudit pays, loin des siens, comme ses sœurs et ses frères, elle aurait profité plus souvent de la présence de son père et aurait peut-être eu la chance de lui dire un ultime au revoir.

Brièvement, ce jour-là, elle s'était autorisée à exprimer sa colère contre la France, contre l'exil et son lot de dommages collatéraux.

De toute façon, il y a bien longtemps que les enfants n'accompagnent plus Yamina et Brahim en Algérie, ou alors pas tous en même temps. Ils préfèrent partir avec leurs amis, optent pour des circuits *all inclusive* en Turquie ou pour des *road trips* aux États-Unis, comme Hannah l'année dernière.

C'est Malika qui a eu l'idée de réserver quinze jours de vacances sur Locasun.fr. Elle a trouvé le bon plan pendant les promos flashes du site, en *surfant sur le Web* au bureau de l'état civil, cabine A, à la mairie de Bobigny. *Pillac, maison 8 personnes, 4 chambres, 170 m², cuisine tout équipée, terrasse, salon de jardin, barbecue, piscine privative, ping-pong, balançoire.*

Malika a dit à ses frères et sœurs : *C'est 700 euros la semaine, chacun mettra un peu.* Imane n'a pas les moyens, elle a demandé à Omar de lui avancer sa part. Brahim, quant à lui, a dit : *700 euros ! Ça fait 7 millions en dinars !*

Ça leur a coûté à peine 200 euros chacun, sans compter la participation aux courses. Il y avait un surplus pour le ménage proposé par les propriétaires, mais ça, évidemment c'était hors de question. Ils n'étaient pas prêts à accepter qu'une tierce personne fasse leur ménage, à vrai dire, c'est Yamina en particulier qui n'était pas prête à ça.

L'évolution sociale permet à peine à ses enfants d'accepter l'idée, ce qui est déjà bien.

La génération suivante aura sans doute moins de complexes de pauvres, et, comme le dit justement Malika : *La première réticence d'un pauvre est de faire travailler un autre pauvre.*

Hannah a commandé à sa mère un burkini manches courtes bicolore Black&Green à 23,89 euros sur un site turc : sefamerve.com (*islamic clothing*). Avec ça, elle pourra se baigner dans la piscine sans trahir sa pudeur devant ses enfants.

Yamina ne s'est jamais baignée de sa vie. À soixante-dix ans, elle ne s'est jamais baignée ni à la mer ni à la piscine.

Hannah a aussi acheté une ceinture et des frites en mousse au Decathlon de Bondy, par mesure de sécurité.

Le convoi familial est composé de deux voitures, la Renault Talisman d'Omar et la Clio bleue diesel année 2006 de Hannah. Imane tient à monter dans la Clio avec ses sœurs, elle sait qu'il y aura plus d'ambiance que dans la caisse d'Omar.

Hannah a une clé USB branchée sur le poste radio de sa voiture, et tout le long du trajet, les filles ont chanté de la bonne variété française, surtout Souchon, Cabrel, Nougaro et Brassens. Elles ont aussi chanté de la mauvaise variété française, des tubes des années 1980, et entonné quelques morceaux de raï. Même Imane, qui pourtant parle un arabe fracassé avec un drôle d'accent. Malika adore se moquer d'elle à ce propos : *Toi, chaque fois que tu parles arabe, y a un marin qui meurt en mer.*

Les filles se sont arrêtées deux fois sur des aires d'autoroute pour se désaltérer et aller aux toilettes, qui, contrairement aux idées reçues, sont plus propres que dans la plupart des restaurants parisiens.

Dans la Talisman d'Omar, on a surtout discuté politique, on a aussi écouté quelques sourates du Coran. Les hommes Taleb ont parlé de la grève, de la réforme des retraites, des Gilets jaunes et des Français qui s'appauvrissent chaque année. Ils ont aussi parlé des accidents de trottinettes et du fait que Brahim a oublié son Fixodent à la maison, la crème adhésive pour ses prothèses dentaires.

Omar a rassuré son père, il lui en achètera quand il ira faire les courses, à quelques kilomètres de la maison de location, il y a un Intermarché, *tous unis contre la vie chère, pam pam padam.*

Yamina, bien que distraite par la beauté du paysage, dit à Brahim sans le regarder : *Je te l'ai dit dix fois de ne pas oublier ta pâte à dents.*

Elle n'arrive pas à décoller ses yeux des champs, elle n'imaginait pas que la France avait tant de champs. On ne se refait pas. Yamina a dans le sang le goût paysan.

Le ciel est dégagé et on voit l'horizon à perte de vue. Ça la change du gris des panoramas urbains et fades d'Aubervilliers. La route, c'est déjà les vacances pour Yamina, qui n'a probablement jamais ressenti une telle euphorie.

Elle est pleine de fierté.

Dieu sait que faire grandir ses gamins dans un lieu où rien n'est prévu pour vous et où les codes vous sont étrangers, c'est un exploit, c'est miraculeux, on devrait donner une médaille à Yamina pour ça, lui déposer une couronne sur la tête.

Si elle a tenu, c'est pour eux, c'est pour qu'ils réussissent, pour qu'ils fassent mieux qu'elle et son mari, qu'ils soient heureux, et surtout indépendants.

Yamina connaît bien le prix de l'indépendance.

Ça lui arrive souvent de repenser aux premières années rue du Moutier ; les hommes effrayants qui entraient et sortaient de chez la vieille prostituée du rez-de-chaussée ; du reste, c'était une brave femme, elle s'appelait Michelle et offrait des petits cadeaux aux filles chaque Noël. Yamina pense au calvaire qu'elle a vécu à cause des souris qui se faufilaient dans l'appartement, comme si ce n'était pas suffisant de voir des blattes surgir de chaque recoin.

Pour les souris, aucun piège ne fonctionnait, il y en avait toujours plus, ça rendait fou Brahim. Yamina se rappelle la fois où ces sales bêtes ont rongé la paire de baskets neuve de Hannah dans le placard de l'entrée.

La petite fille avait éclaté en sanglots en les découvrant dans cet état le jour du tournoi d'athlétisme. Dire qu'elle les avait gardées précieusement en espérant les porter ce matin-là pour la première fois. Sur la languette de ses baskets bon marché, il était inscrit *FLASH* en lettres rouges, et la fillette aimait penser que ses chaussures lui donneraient le même superpouvoir qu'au héros Marvel, Flash. Avec ça, Hannah était certaine de remporter le tournoi et de gagner le premier prix, 200 francs de chèques cadeaux au Casino de porte de la Villette.

Au lieu de participer à la compétition, elle a dû rester à la maison avec sa mère. Elle ne possédait pas d'autre paire pour courir. Hannah a renoncé définitivement à l'athlétisme.

Malgré tous les efforts de Yamina pour rendre cet endroit agréable, c'était un vrai taudis. Même propre, l'appartement avait l'air sale. Et il y avait tellement d'humidité que la moitié de leurs affaires était bonne à jeter à cause de la moisissure. Yamina emmenait ses enfants toutes les semaines au dispensaire, ils étaient constamment malades, des angines et des otites à n'en plus finir, l'appartement était si humide qu'on pouvait voir l'eau couler le long des murs. Imane a dit à sa mère, à l'âge de deux ans : *Maman, pourquoi la maison elle pleure ?*

Ses pires souvenirs, ce sont les bains-douches publics de la rue Henri-Barbusse. Yamina tentait de corrompre la gardienne des cabines en lui donnant une pièce de 2 francs, parfois de 5, pour quelques minutes d'eau en plus, juste pour avoir le temps de finir de rincer ses filles, leurs longs cheveux surtout, c'est ce qui prenait le plus de temps.

À cause de la panique *du temps réglementaire en cabine de douche*, Yamina s'était résolue à les leur couper, la mort dans l'âme.

La gardienne, une Portugaise antipathique qui portait d'énormes lunettes, cognait sur la porte de toute sa poigne. Ça faisait sursauter Imane chaque fois : *Ouvrez madame, fini, il faut sortir, madame, sors, sors, sors !* Elle répétait ça en boucle, comme dans Fort Boyard. Yamina avait à peine le temps de se savonner elle-même.

Lorsqu'en 1994 ils avaient quitté le F2 de la rue du Moutier pour leur actuel appartement à la Maladrerie, Omar avait presque quatre ans, Yamina s'en souvient très bien. Ils avaient visité le F4 HLM dans cette cité dite sensible, et cet endroit leur était apparu comme un château de conte de fées. Il y avait une salle de bains, trois chambres et des fenêtres qui donnaient sur la rue ! Subitement, Omar a arrêté de faire pipi au lit. Il a dit à sa mère : *Maison propre, Omar propre.*

Tout petit, il avait déjà le sens de la formule.

Elle revoit les scènes défiler dans le désordre, des souvenirs en vrac, les costumes qu'elle confectionnait pour le carnaval de fin d'année, les poèmes récités à haute voix pour la fête des mères, ses larmes de joie, les réunions de l'école qu'elle quittait toujours la tête haute, les énormes pizzas maison du samedi dont Malika raffolait.

Tout ça se bouscule dans son esprit alors qu'elle regarde tour à tour les mains délicates de son fils sur le

221

volant et les milliers de tournesols dans les champs sur sa droite.

Voilà qu'elle se sent débordée par ses sentiments et qu'elle se met à pleurer.

Yamina a longtemps eu l'impression d'avoir perdu beaucoup de choses, de temps, de moments avec sa famille, avec son père, d'avoir été arrachée à sa terre, à son Algérie. Elle a beaucoup regretté le figuier de son enfance, mais Dieu ne lui offre-t-il pas aujourd'hui un nouveau figuier dont les fruits sont délicieux ?

Maintenant, Yamina a ses enfants.
C'est sa récompense à elle.
Et maintenant, ils l'emmènent en vacances.

Tandis qu'Omar, Malika et même Brahim font le tour de la maison, fous d'excitation, Imane et Hannah se disputent la chambre avec salle de bains.

Yamina commence par sortir sa boussole du sac à dos noir Quechua à 3,90 euros, pour chercher la direction de La Mecque. Elle fait deux unités de prière pour remercier Allah de ses bienfaits, lui demander protection et grâces pour sa famille. Elle s'adresse à Lui ainsi : *Oh Seigneur, quand la mort viendra me prendre, qu'elle trouve mon cœur dans le même état qu'aujourd'hui, en paix.*

Après une quiche aux poireaux et une salade de concombres, et après s'être assurées que leur père fait bien la sieste, les filles courent enfiler leurs maillots de bain. Elles ne peuvent pas se montrer dans cette tenue devant Brahim, pudeur oblige.

Omar porte son éternel short mauve à fleurs complètement ringard. Imane secoue la tête en le regardant : *Nan mais jure que t'as encore ton short qui dégoûte ? Le gars, il veut pas lâcher son short de plouc !*

Hannah sort un scoop sans s'en rendre compte : *Mon frère, faut faire un effort maintenant que t'as une meuf.* Omar rougit instantanément. Hannah jubile. Malika est amusée. Imane devine : *Aaaaah, c'est pour ça que t'es collé à ton téléphone en ce moment !*

Malika aide sa mère à enfiler son burkini turc. Yamina sourit, mal à l'aise, le burkini est tout de même moulant, elle est gênée. *Allez t'inquiète pas maman, il te va trop bien, personne te verra, y a que tes enfants ici !*

La mère de famille est intimidée, elle avance lentement vers les marches de la piscine en faisant attention à ne pas glisser, elle essaie de dissimuler son trac, tandis qu'Imane vient d'exécuter son premier plongeon.

Hannah met la ceinture autour du ventre de Yamina qui lui chuchote : *Me lâche pas hein ?*

Naturellement, les quatre enfants entourent leur mère lorsqu'elle met le premier pied dans l'eau. Malika la tient par la main.

Ouh là là ! berda, *elle est froide.*

Hannah est déjà émue d'assister à ce moment, qu'elle trouve *historique.*

Délicatement, Yamina entre dans l'eau, en tenant le bord, et soudain, c'est inattendu, elle éclate de rire, mélange de peur, de joie et d'excitation. Ses enfants,

223

surpris de sa réaction, se mettent à rire avec elle, spontanément.

Hannah rit, mais des larmes coulent le long de ses joues, et personne n'a remarqué son émotion, parce que les larmes se voient moins sur un visage déjà mouillé.

Tout à coup, par magie, Yamina a six ans, et ça bouleverse ses gamins.

Elle progresse lentement dans l'eau, Malika et Hannah la maintiennent de chaque côté, pour l'aider à se mettre sur le dos, soutenue par la frite en mousse.

Yamina continue de rire aux éclats en regardant le ciel bleu de Charente. Elle s'abandonne, elle se sent libre, et c'est délicieux. Elle n'a jamais goûté à un bonheur pareil. Elle bat un peu des jambes pour se donner l'illusion de nager, en disant : *Ah ! là là !* hamdoulillah !

Yamina n'en revient pas d'être ici et de vivre ça.

Personne à des kilomètres à la ronde, il y a un vaste jardin autour de la maison, des arbres fruitiers, rien que des champs à l'horizon. Pas un être humain en vue depuis Catherine, la proprio à moitié sourde qui est venue leur remettre les clefs et faire l'état des lieux en fin de matinée.

Comme elle n'a pas été spécialement chaleureuse avec eux, les enfants Taleb ont brièvement débattu. L'éternelle discussion : Raciste ? Pas raciste ? Résultat des votes : 1 voix pour et 3 voix contre. La thèse de la surdité de Catherine l'a emporté.

La voix contre, c'est Hannah évidemment : *Ouais, c'est ça, elle entend rien, vous avez pas remarqué*

comment elle a regardé le hijab de maman de travers,
et comment elle a vérifié le chèque aussi ?

« Raciste ? Pas raciste ? » était une activité récurrente dans la vie des enfants Taleb. Ils y jouaient bien malgré eux. Ils auraient pu créer un concept de jeu télévisé : « *Bonjour et bienvenue dans notre émission RACISTE ? PAS RACISTE ? Aujourd'hui, nous sommes avec un candidat expérimenté puisqu'il en est déjà à son onzième passage et qu'il joue gros, oui, il joue, mes-dames messieurs, pour une cagnotte qui s'élève à 25 000 euros ! Bravo Rachid ! On peut l'applaudir ! Rachid, qui, je le rappelle, est chauffeur-livreur, adore jouer au Loto Foot et manger des galettes au miel, il nous vient de Gennevilliers dans les Hauts-de-Seine, et il sera, pour cette première manche, face à mon-sieur Blanc, ancien militaire de carrière, résidant à Nice dans les Alpes-Maritimes, passionné par les cartes postales anciennes et les expériences élec-triques. Allez Rachid, c'est facile, à vous de jouer ! Jingle ! RACIIIIISTE ? PAS RACIIIIISTE ? »*

Les enfants Taleb aimeraient ne plus avoir à se poser la question Raciste ? Pas raciste ? quand le rapport à l'autre est trouble. Ils aimeraient ne pas perdre tout ce temps, à se demander d'où vient la condescendance qu'on leur manifeste, à faire des liens emmerdants avec leurs origines, ils aimeraient aussi parfois avoir le luxe du déni, ils aimeraient pouvoir ignorer le mépris, comme le fait leur mère, en vérité, ils aimeraient juste que les choses soient plus simples.

Pour quelques jours, en tout cas, ils sont heureux de découvrir un nouveau visage du pays dans lequel ils sont nés, et plus heureux encore de le faire découvrir à leurs parents.

Il faut dire que c'est sacrément beau, la France, c'est quand même bouleversant de traverser ses villes et ses villages, ses grandes et ses petites places, c'est émouvant de comprendre son histoire et de se dire qu'on en fait partie aussi, d'une manière ou d'une autre, *qu'ils le veuillent ou non*, cette histoire, on en est le fruit, il faudra bien se l'avouer un jour, et ce jour-là, ce sera plus clair pour tout le monde.

Pillac, c'est encore mieux que le jardin ouvrier d'Aubervilliers.

Yamina a bien mérité ces vacances, et aussi cette baignade qui lui a offert un joli moment d'enfance, car elle n'a jamais eu réellement d'enfance, mais surtout, elle a bien mérité tout l'amour qu'on lui rend, elle en a tellement donné et en a encore tant à offrir.

On dirait que Yamina a enfin fait le deuil de ce retour impossible.

Son chez elle, elle l'a compris, c'est l'endroit où se trouvent ses gosses.

À la mémoire de mon père,
Abdelhamid Guène
(1934-2013)
Mort de discrétion.

À ma mère,
À son cœur qui déborde comme la Méditerranée.
Avec toute ma gratitude et mon amour.
À ses sacrifices qui n'ont pas été vains.
Les fruits de l'amour poussent sur le figuier généreux.

À tous les héritiers d'une histoire en fragments.

Aux gosses en colère.

À Djamila Bouhired.

À l'unique, que j'aime et qui m'a portée
de la première à la dernière ligne.

À ma fille,
Avec tout mon amour et ma fierté.

Remerciements de l'éditeur

À Élisabeth Samama, pour cet ouvrage publié avec sa complicité.

La photocomposition de cet ouvrage
a été réalisée par
Graphic Hainaut
30, rue Pierre Mathieu
59410 Anzin

Imprimé en France par
CPI Bussière
en août 2024
N° d'impression : 2078861

Pocket – 92 avenue de France, 75013 PARIS

S31764/05